マドンナメイト文庫

ハーレム・ハウス 熟女家政婦と美少女と僕

綾野 馨

目次

contents

ハーレム・ハウス　熟女家政婦と美少女と僕

プロローグ

「こちらが四月から来ていただく新しい家政婦の沼田美枝子《ぬまたみえこ》さんだ。沼田さん、これがお世話になります、息子の慎司《しんじ》です」

三月中旬の日曜日。中学を卒業したばかりの谷本《たにもと》慎司は、父親から一人の女性を紹介されていた。というのも、中堅商社勤務の父親は来週から海外支社へ支社長として赴任することとなり、母親もそれに同行することになっていたのだ。

父の勤める会社は創業者が父の祖父、慎司にとっては曾祖父に当たる人物で、今回の海外勤務は将来の社長就任に向けての布石でもあった。さらに、いま谷本家に通っている家政婦が親の介護のため三月いっぱいで田舎に戻ることになったため、国内で高校に進学する慎司のためにも新しい家政婦が必要になっていたのである。

「谷本慎司です。お世話になります。よろしくお願いします」

都内に建つ谷本家の二階、三十畳の広さのＬＤＫ。同時に六人が使用できる、大きなダイニングテーブルを挟む形で、慎司は初対面の女性に頭をさげた。

「沼田美枝子と申します。いろいろと至らぬ点もあるかと思いますが、何卒よろしくお願いいたします」

緊張の面《おも》持ちの美枝子も、そう言って頭をさげ返してきた。

（あまり化粧っ気《け》もないし、お母さんと同世代の、ちょっと綺麗なオバサンって感じの人かな）

うりざね顔の美枝子の柔和《にゅうわ》な瞳の目尻には少し皺が刻まれており、四十三歳の母と同世代であろうと推測できる。

「美枝子さんは、お料理がとってもお上手なんですってよ」

「あっ、いえ、決して凝ったモノが作れるわけではなく、ごく普通のものです」

「それでいいのよ。調理師学校を卒業されている美枝子さんなら栄養バランスも完璧だろうし、息子の食生活は非常に豊かなものになると思っているんです」

恐縮する美枝子に、母が品のよい微笑《ほほえ》みを浮かべ、旧知のように返していく。

「精一杯、務めさせていただきます」

「美枝子さんの娘さんも、四月から慎司と同じ高校に通うことになっているそうだ」

美枝子が母に対して改めて頭をさげると、父が新たな情報を与えてきた。

「そうなんですか。でしたら、娘さんも四月からここに？」

（まさか、同級生。それも女の子と同居することになるなんて……）

両親が家を空けるため、新たな家政婦は住みこみが条件であった。母と同世代の女性だけならともかく、同い年の女子との同居には、まったく別の緊張を感じてしまう。

「はい。本来なら娘の聖羅《せいら》が、いっしょにご挨拶に訪れるべきところ、いまは私の実家に行っておりまして、申し訳ありません」

「あっ、いえ、とんでもないです」

「沼田さんと娘さんには、一階の二部屋をお使いいただくことになるから、お前は今後、その部屋には立ち入らないように」

慎司と美枝子の話が一段落すると、横から父が口を挟んできた。

谷本家は三階建てで、一階部分は大型車二台が並列駐車可能なビルトインガレージと、六畳の洋間が二部屋あったのだ。

「うん、わかった」

「それと慎ちゃん、女の子には優しくしてあげなきゃダメよ。慣れない家で生活をしなくちゃいけないんだから、しっかり気を配《くば》ってあげるのよ」

「そんな、奥さま、わたくしどもがご迷惑をおかけしないように」

母の言葉に、美枝子が滅相《めっそう》もないといった様子で口を挟んできた。

「いいえ、他人に対する気遣いのできない、自己中心的な人間にはなってほしくないので、美枝子さんや娘さんには、ここを我が家と思い、ご自由にお使いください」

慌てた様子の美枝子に、母が柔らかな微笑とともに語りかけた。

「奥さま……。ありがとうございます」

「そして、美枝子さんもどうか慎司のこと、叱るときにはわたくしどもの代わりとして、キッチリと叱ってあげてください。よろしくお願いいたします」

どこか感動した面持ちとなった美枝子に、母はそう言って頭をさげた。

「必ず、ご期待に添えるように精進《しょうじん》いたします」

「よろしくお願いします。慎ちゃんも、それでいいわね」

「うん、まったく問題ないよ。改めて、来月からよろしくお願いします」

母の言葉に頷《うなず》き、慎司は改めて、美枝子に頭をさげるのであった。

第一章　熟女家政婦と美少女と僕

1

　学校にも慣れ、友だちもできた四月下旬。ゴールデンウィークを翌週に控えた水曜日の昼休みであった。慎司が仲良くしているクラスメイトの渡辺《わたなべ》と教室前方の席で昼食を摂《と》っていると、購買部へ弁当を買いに行っていた同じくクラスメイトの青木《あおき》が小走りに二人のもとへと戻ってきた。

「どうした、そんなに慌てて、なにかあったのか？」

　ペットボトルの無糖紅茶を飲んだ慎司は、チラッとクラスメイトに視線を送った。

　慎司のこの日の昼食は、昼休み前に購買部に行き購入したコロッケパンと焼きそばパンだ。住みこみで家政婦をしてくれている美枝子は、「お弁当をお作りします」と言ってくれていたのだが、ある理由から断っていた。

「どうしたじゃないよ。二人とも、廊下に張り出されたアレ、見てないのかよ」

「廊下のアレ？　あぁ、先週の学力テストの結果か」

「そう、それだよ」

ペットボトルの緑茶で口を潤《うるお》した渡辺が興味なさげに言うと、青木は手近な椅子を引き寄せつつ、食いつき気味に頷き返してきた。

「それなら見たよ。当たり障《さわ》りがなさすぎる結果だった。なんだ、青木ってそんな自慢できるほど成績、よかったのか？」

新一年生二百八名中、七十四位という実に微妙な成績であった慎司は、半ばウンザリしつつ答えると、レジ袋からカツ丼を取り出している青木を見た。

「そうか、それは残念だったな。まあ、俺も辛うじて半分より上程度だったんだが……。そうじゃないんだよ。俺たちじゃなく沼田なんだよ。沼田聖羅。あいつ、遊んでそうな見た目しているのに、勉強できたんだなと思ってさ」

少し声を落とした青木は、視線を教室の後方窓際付近に向けた。そこには慎司たち同様、机をくっつけて弁当を食べている三人の女子生徒の姿があった。友人の視線はその中でもひときわ目立つ美少女に向けられている。

沼田聖羅。家政婦をしてくれている美枝子の娘で、いまは谷本家で生活をしている女の子だ。目鼻立ちの整った卵形の顔は少女の可憐《かれん》さと、大人びた色気がミックスされ、妙に胸がざわめかされてしまう。そして、サラサラのセミロングヘアはピンキーブラウンに染められ、窓から差しこむ太陽光で明るい光沢を放っていた。

「へぇ、そうなのか。自分の名前を探すのに必死で、ほかの奴の成績なんて気にしてなかったな。まあ、俺もお前たちと同じようなもので、辛うじて二桁《ふたけた》順位だったよ」

「そうか、渡辺も残念だったな。それよりいまは沼田だよ。まあ、もっと上の成績の奴もいるけどさ、二百八人中二十三位だぜ。すごくない」

渡辺の言葉に、青木が嬉々《きき》として告げてくる。

「それは確かに、なかなかの成績優秀者だな」

想像以上の高順位に、慎司は素直に驚きの声を発《はっ》した。

(見た目が華やかだから遊んでるように見られているけど、夜な夜な遊び歩いている様子もないし、食事も家で食べているみたいだから、本当は真面目なんだろうな。でもそうか、勉強もそんなにできたのか)

慎司が美枝子の弁当を断った理由は、聖羅が同じクラスだったからである。入学式当日、先に家を出ていた聖羅が同じ教室にいたときには、思わずギョッとしてしまった。それは向こうも同じだったらしく、一瞬、驚きに目が見開かれていた。しかし、お互いそれ以上の反応を示すことはなかった。理由があるとはいえ、同じ家で暮らしていることが知られれば、どんなからかいの対象になるかわかったものではないだけに、一定の距離を保ち、単なるクラスメイトとしての付き合いに終始していた。

美枝子の弁当を断ったのも、教室で同じ中身の弁当を広げているのを知られたら厄介だと思い、慎司は購買部や学食を使うことにしたからである。

「だろう？」

「でも、青木、なんでお前、沼田の成績なんかチェックしてるんだよ」

「いや、それは……。たまたま、そう、たまたま目に入ったんだよ」

自慢げに胸を張る青木に、慎司が単純な疑問をぶつけると、クラスメイトはとたんにたどたどしくなってしまった。

「ふ～ん、たまたま、ね」

「谷本、あまり深く追及するなよ。察してやろうぜ」

「別に僕は追及する気はサラサラないよ」

黙ってやり取りを聞いていた渡辺の言葉に、慎司は苦笑混じりに首を振った。

「な、なんだよ、お前ら。お、俺は別に沼田を気にしているとか、そういうんじゃないからな。本当に偶然、目に入っただけで」

顔を赤らめた青木が、言い訳がましく言い募《つの》ってくる。

「わかってるよ。でもさ、沼田って、頼めばヤラせてくれるっていう噂、あるよな」

「はぁ？　さすがにそれはないだろう。見た目が華やかだからそんな噂が立つのかもしれないけど、勉強もできて、さらに部活もしっかりやってるんじゃなかったか？」

渡辺の思いがけない言葉に、慎司は呆《あき》れ顔で返した。

「ラクロス部だよな。一年生で入ったばかりだから、基礎練習ばっかりみたいだけど、真面目に取り組んでるよ」

「青木、お前……」

(こいつそんなことまでチェックしてるのかよ。これはけっこう、本気かもな)

聖羅の部活までチェックしている青木に、慎司は友人の本気度を見た気がした。

「まあ、俺もないと思うよ。ただ、バスケットボール部の先輩がそんなこと言っているのを聞いたんだよ。ただ、本気で言っているというより、願望ぽかったけど」

「僕の剣道部ではまったく聞いたことがないけどな」

「俺、頼んでみようかな……」

渡辺の話をちゃんと聞いていなかったのか、青木が陶然《とうぜん》とした表情で呟《つぶや》いた。

「えっ？　イヤ、いや、イヤ、それはやめておけ。渡辺も本気じゃなく願望ぽかったって言ってただろう」

「そうだぞ。言い出しておいてなんだが、噂を真《ま》に受けただけの行動はお勧めできないぞ。谷本じゃないけど、やめておけ」

「入学早々のやらかし、それも根も葉もない噂を信じての行動は、卒業まで時間がある分、キツいぞ。悪いことは言わん。ヤ・メ・ロ」

本当に行動に移しそうな危うさを感じた慎司は、必死で思い止まらせた。

2

（青木じゃないけど、沼田さんみたいな女の子とエッチできたら、最高だろうな）

午後十時半すぎ、自宅三階にある自室で宿題をこなしつつ、慎司は聖羅のことを考えていた。正直に告白すれば、入学式の前日に聖羅がこの家にやってきた瞬間、慎司はその美形ぶりにドキッとさせられていた。しかし、母親に対する少し素っ気ない態度などから、気が強そうだなとも感じていたのだ。

（それにしても「頼めばヤラせてくれる」っていう噂、願望から発せられたものであっても悪質だし、さすがに本人の耳に入れておいたほうがいいよな）

実際のところ、同じ家で生活をしていても食事を別に摂っていたため、聖羅と接する機会はそれほど多くはなかった。慎司はダイニングで一人食事をし、母娘は二階の部屋で食事を摂っていた。美枝子には何度か「いっしょに食べましょう」と提案したのだが、遠慮されてしまっていたのだ。

（学校でこんな話、するわけにはいかないし、この時間ならまだ起きてるよな）

携帯に電話をするなり、メッセージのやり取りをするなりしたいところだが、携帯番号すら知らないので直接部屋を訪れるしかない。

（よし。少し目も疲れてるし、一回顔を洗って、そしてそのまま二階へ行こう）

いままで聖羅の部屋を訪れたことがなかっただけに緊張もあるが、慎司は勢いよく椅子から立ちあがると部屋を出た。階段で浴室のある二階へとおりた慎司は、ためらいなく閉まっていた洗面脱衣所の引き戸を開けた。

「えっ!?」

その瞬間、ハッとさせられた。なんと脱衣所内に人がいたのだ。ビクッと肩を震わせた人物も、まじまじとこちらを見返してきている。

濡れたピンキーブラウンの髪にタオルをあてがっている美少女。全裸の聖羅がそこにいた。スラリとした細身でありながら、双乳は想像以上にたわわで美しいお椀形をしており、ウエストはキュッと引き締まって深い括《くび》れを生み出し、美しく湿ったデルタ形の陰毛に見事な脚線美。さらに洗面台の鏡には裸の女子高生の後ろ姿が映し出され、ツンッと上を向いた形のいいヒップまでもが視神経を刺激してくる。

「キッ、キャッーーーーーーーーーーーッ!」

時間にしてほんの一、二秒。初めて生で目にした女子高生の裸体に目を奪われていた慎司は、絹を裂くような悲鳴で現実へと引き戻された。

「ごっ、ごめん!」

脱衣所の前で固まっていた慎司は慌てて引き戸を閉めた。心臓がドクンドクンと高鳴り、呼吸が荒くなっていく。

(まさか、沼田さんがお風呂に入っていたなんて……)

気を抜けば脳裏に浮かんでしまいそうになるクラスメイトの裸を、頭を振って振り払う。慎司も聖羅も毎週水曜日は部活動の日であり、先に帰宅したほうから入浴をするという決まりにしていた。この日は慎司のほうが早かったのだが、聖羅もとっくに入浴を終えていると思っていたのだ。

慎司が右手を胸に当て心落ち着けようしていると、階下から小走りに階段をのぼってくる音が聞こえ、すでにパジャマ姿の美枝子が姿を見せた。

「あっ、し、慎司さん。あの、いま、悲鳴が……なにかあったのでしょうか？」

脱衣所の前に慎司がいることに驚きの表情を浮かべた美枝子が、不安そうに問いかけてきた。

「すみません、美枝子さん。完全に僕が悪いんです。聖羅さんが中にいるとは知らずに引き戸を開けてしまって、それで……」

慎司が美枝子に頭をさげた直後、脱衣所の引き戸が開けられ、不機嫌さを隠そうともしない聖羅が姿を見せた。

「最低ッ！」

キッとした目で慎司を睨《にら》みつけてきた美少女の右手が、こちらがなにか言葉を発するより先に見事なスナップで繰り出された。パチンッと盛大な音を立て、慎司の左頬が叩かれる。ジンッと痺《しび》れる痛みが頬を襲う。

「聖羅！　あなたいったいなんてことを」

「なによ！　文句あるわけ。お母さんは年頃の娘の裸を見られても平気なんだ」

叱責《しっせき》の声をあげる美枝子に、聖羅がすかさず言い返していく。

「そうではないけど、慎司さんだってわざとやったわけではないでしょう」

「いえ、いいんです。本当に僕が悪いので。沼田さん、本当にごめんなさい」

「いま見た記憶、全部消去してよね」

慎司が改めて聖羅に頭をさげると、クラスメイトの美少女はぷいっと顔をそむけ、不機嫌そうな足音を立て階下へと行ってしまった。

「慎司さん、本当に申し訳ありませんでした。娘には私からキツく注意します」

「その必要はまったくないですよ。さっきも言ったように、聖羅さんは完全に被害者で、中に人がいることを確認しなかった僕に百パーセント非があるんです。美枝子さんにはいらぬ心配をおかけしてしまい、すみませんでした」

申し訳なさそうな美枝子に対しても、慎司は素直に非を認め、頭をさげた。

「いえ、そんな、どうか頭をあげてください。お気を遣っていただきありがとうございます。あの、ところで慎司さんはどうしてこんな時間にお風呂へ？」

雇い主の息子に頭をさげられ戸惑った様子の美枝子が、基本的な問いを発してきた。

「ああ、それは宿題をやっていたんですけど、少し疲れてきたんで、顔でも洗ってスッキリしようかと」

いかがわしい噂を伝えようとしていた、という真の目的はさすがに言えず、その前段階の話でごまかすことにした。

「そうだったんですか。でしたらなにかお飲み物でもお持ちしましょうか?」

「いえ、大丈夫ですよ。ですから、美枝子さんも適当に休んでください。すみません、騒がしくしてしまって」

「とんでもありません。では、なにかご用のときには遠慮なくお申し付けください」

美枝子はそう言って深く頭をさげると、静かな足取りで階下へと戻っていった。

(沼田さんと話をするどころじゃなくなっちゃったけど、しょうがない。また別の機会を探そう)

脱衣所前に一人残った慎司は、ふっと息をつくと、まだ美少女の匂いが残る洗面脱衣所へと足を踏み入れ、顔を洗うのであった。

3

(ヤバイ! 目が冴《さ》えてまったく眠れそうにないぞ)

予想外の聖羅との出来事から一時間。宿題を終えベッドに入った慎司は、まったく寝付くことができなくなっていた。目を閉じると、まぶたの裏に美少女の裸体が鮮明に映し出されてしまうのだ。

（沼田さんの裸を思い浮かべて握るのは、すっごい罪悪感があるけど、でも……）

「ごめん、沼田さん。記憶、消去できそうにないよ」

小さく聖羅に謝罪を口にした慎司は、ベッドから抜け出し部屋の明かりを点《つ》けた。

「本当にごめんね……」

もう一度謝罪を口にし、パジャマズボンとボクサーブリーフを脱ぐと、ポロンッとあらわれたペニスは、期待をあらわすように半勃《だ》ちになっていた。

ベッドの縁《へり》に浅く腰をおろし、ひとつ息をついてから目を閉じた。すると、やはりすぐさま聖羅の美しい裸体が浮かびあがってくる。豊かに実ったお椀形の見事の膨らみと、鏡に映っていた無防備に張り出した双臀《そうでん》の映像が脳内スクリーンでアップになった瞬間、半勃ちのペニスが跳ねあがり、ムクムクッとその体積を増していった。

「あぁ、沼田さん……」

早くも完全勃起となる強張《こわば》りを右手に握った慎司の口から、うっとりとした呟きがこぼれ落ちた。

（こんなこと本当は許されないことだけど、でも、あんなエッチな身体していた沼田さんが悪いんだ）

後ろめたさがさらなる背徳感を生み出し、張り出した亀頭先端から先走りがうっすらと漏れ出していく。熱く硬い肉槍をシュッシュッとこすりあげていくと、垂れ落ちてきた粘液が指先に絡まり、チュッ、クチュッと湿った摩擦音を奏《かな》ではじめた。それにつれて背筋に愉悦《ゆえつ》が駆けのぼり、射精感が迫《せ》りあがってくる。

「くっ、あぁ、気持ちいいよ、沼田さん……はぁ、聖羅……」

絶頂感の近さを感じた慎司が、ベッド横のナイトテーブルの天板に置かれたボックスティッシュに手をのばしかけたとき、コンコンッと部屋のドアがノックされた。

「はっ、はい」

ビクッと肩を震わせた慎司は、少し上《うわ》ずった声で反射的に返事をしてしまった。

「美枝子です。失礼いたします」

「えっ!? ちょっとまッ」

いつもは入室の許可を求めてくる美枝子が、こんなときに限っていきなり扉を開けてきた。そのため、慌てて制止を求めた声は、途中で空しくとまることとなってしまったのだ。

「キャッ!」

その瞬間、美枝子の口から小さな悲鳴が漏れた。

聖羅の裸を見られてしまったのは不運な事故であり、慎司に他意があったとは考えていない。だが、年頃の娘を持つ母親としては思うところがあり、遅い時間ではあったが、パジャマからゆったり目のワンピースの部屋着に着替え、谷本家三階の部屋を訪れたのだ。

しかし、気がせいていたため入室の許可を待たずに扉を開け、すばやく室内に入りこんでしまった結果、部屋の主の姿を見たのはドアを閉めたあとのことだった。

呆然と固まったようにこちらを見つめてきている慎司。その下腹部ではペニスが逞《たくま》しく屹立《きつりつ》し、血管が浮き出るほどの肉竿が右手で握られている。

「も、申し訳、ございません！」

美枝子は慌てて回れ右をして、慎司に背中を見せる格好となった。

(まさか一人エッチをしている真っ最中だったなんて……。とんでもない失態だわ。こんな失敗、クビを言い渡されたって、全然おかしくない。きっと慎司さんも、聖羅の裸を見てしまったとき、こんな感じだったのね)

心臓が一気にその鼓動を速め、頬が熱くなってきてしまう。

「あっ、い、いえ……。あの、ちょっと、そのまま待っていてください」

気まずそうな声につづいて、後方で立ちあがる気配が伝わってくる。下着やパジャマズボンを身に着けようとしているに違いない。

「わかりました。あの、本当に申し訳ありませんでした」

「だ、大丈夫です。じ、事故、みたいなものですから」

気を遣ってくれているのがわかる慎司の声に、いっそうの申し訳なさが募る。

(やっぱり育ちがいいっていうのは、こんなところにも出てくるんでしょうね。それにしても、男の人の硬くなったアレ、久しぶりに見てしまったわ。まさか、自分が仕《つか》える家のご子息のモノを見てしまうなんて……)

夫を亡くして十年。シングルマザーとして娘を育ててきた美枝子はその間、オンナとしての部分をすべて捨て去って生きてきた。それだけに、久しぶりに見た勃起ペニスには、忘れていたオンナの部分が反応し、子宮にかすかな疼《うず》きが走ってしまう。

(慎司さんの、娘と同い年の高校生の男の子相手に、なに考えてるの、私)

肉体の素直すぎる反応に、美枝子は戒《いまし》めの気持ちを強くした。スーパーのレジ打ちと弁当店のパートを掛け持ちし、なんとか母娘二人生活してきていただけに、いままでそんな余裕はなかった。たまたま、知り合いのツテで、谷本家の住みこみ家政婦としての仕事に巡り合ったのだ。

それまで家政婦などやったことがなく、また娘を同い年の少年と同居させることに不安はあったが、住みこみのため家賃と光熱費がいっさいかからず、オマケに提示された給料は、それまでのダブルワークよりも多かった。

娘の聖羅も高校生となり、教育にはまだまだお金がかかる。そんな理由もあって上《う》手《ま》くできるか心配ではあったが、チャレンジしてみることにしたのだ。

「あの、もう、いいですよ」

たどたどしい慎司の声に、美枝子は再び雇い主の息子のほうを向いた。そうとうに気恥ずかしいのだろう、少年は顔を伏せた状態で、ベッドに腰をおろしている。

「許可もなく扉を開けてしまい、本当に申し訳ありませんでした」

「あ、それは、もういいです。僕もあの、恥ずかしい姿を見せてしまって、すみませんでした。それで、どうしたんですか、こんな時間に。なにかありましたか？」

「はい、あの、娘の件、改めてお詫《わ》びをと思いまして」

お互いにぎこちない雰囲気になってしまうのは仕方がないと思いつつ、美枝子はまずそう言って頭をさげた。

「いえ、やめてください。その件は、もう……。先ほども言ったように、アレは完全に僕の失態で、聖羅さんにはなんら落ち度はありません。ですから、美枝子さんにわざわざ頭をさげていただく必要、まったくないんです」

「ありがとうございます。そう言っていただけると助かります。それで、あの、娘の裸、忘れていただけたでしょうか」

「えっ、あっ、そ、それは……」

とたんに、慎司の視線が左右に泳ぎだした。

（そうよね。年頃の男の子が同級生の女の子の裸を見て、簡単に忘れるなんてこと、できるわけがないわよね。あっ！　もしかして、さっき、慎司さんは聖羅の裸を思い出して……）

その考えに至った瞬間、美枝子の腰がぶるっと震えてしまった。

「し、慎司さん、もしかして先ほどは娘の、聖羅の裸を思い出して、それで……」

自然と発せられた問いは、自分でも言葉が上《うわ》ずっていると感じるほどであった。

息子を育てたことはなくとも、思春期の男の子が自慰によって欲望を発散していることは理解しているつもりだ。それだけに、現場に踏みこんでしまったことには大変に申し訳ない気持ちがしていた。だが、娘をその対象として捉《とら》えられていた可能性には、やはり衝撃を覚えてしまう。

「いや、それは、あの……」

慎司の顔に気まずそうな影がよぎった。

(やっぱり聖羅の裸で……。これからもこのお家でいっしょに生活していくんだし、あの子のためにもなんとか忘れてもらわないと。でも、そんな簡単に記憶を消すなんてことできないだろうし、どうすれば……)

仕方がないことだと思いつつも、母親としては大切な娘を汚《けが》されたようでいい気分はしない。それまで住んでいたアパートはすでに解約しており、すぐに谷本家を出ていくことはできなかった。そもそも、ここまで好条件な仕事を簡単に見つけることは不可能だと思える。それだけに、娘の身に危険が差し迫っているわけではない現状、できることならこのまま家政婦の仕事をつづけていきたかった。しかしその一方、間違いが起こらないようにしなければという思いにもさせられていた。

(聖羅の裸を忘れてもらえるなにかを提供できれば……)

「別に責めているわけではないんです。母親としては複雑な気持ちであることは確かなんですけど、慎司さんくらいの年頃の男性なら、当たり前のことなんだろう、と」

「すみません。本当は僕も、いけないことだっていうのはわかっているんです。傷つけてしまった聖羅さんのためにも、忘れなきゃいけないんだって。でも、目を閉じると自然と浮かんできてしまって……けっきょく我慢できずに」

下唇を噛むようにして頭をさげてきた慎司に、美枝子の母性が震えてしまった。

「あの、その記憶、私の裸で上書きしていただくことはできないでしょうか」

「えっ？」

思わず口をついてしまった言葉に、慎司が驚きの表情を浮かべた。

（私いまなにを……。私の身体で聖羅の裸の記憶を塗り替えようだなんて、なんておそろしい……。いえ、でも、もし慎司さんがＯＫしてくれれば、もしかしたら……）

とっさに出てしまった言葉に美枝子自身、戸惑いはあるものの、大切な娘の裸体の記憶を消してもらえる可能性があるのなら、自分の裸を見られる羞恥などたいしたことではない。

「やはりダメでしょうか？　たいして綺麗でもない四十歳の中年女性の裸など慎司さんには気持ち悪いだけかもしれませんが、お願いします」

そう言うと美枝子はベッドに腰をおろす慎司に、深々と頭をさげた。

「ちょっと美枝子さん、お願いですから、頭をあげてください。それに僕、美枝子さんはすごく綺麗な女性だと思っていますよ。だから、いまの申し出、腰がゾワッとしちゃうくらい嬉しいです」

「では」

慎司の言葉に希望が見えた美枝子は頭をあげ、少年をまっすぐに見つめ返した。

「すごく嬉しいんです。でも、今回の件、悪いのは僕なんです。だから、美枝子さんにそこまでしてもらう必要はないんですよ。僕にとって一番困るのは、今回の件で美枝子さんに辞められちゃうことなんです。ですから逆に僕が、『辞めないでください』ってお願いしなきゃいけない立場で」

「辞めるなんてとんでもありません。お恥ずかしい話ですが、辞めたら娘と二人、とたんに生活ができなくなってしまいます。正直に言えば、聖羅が慎司さんを叩いたとき、これでクビになったらどうしよう、という思いもよぎったほどで……」

立場や力で相手を屈服《くっぷく》させようという卑《いや》しさの欠片《かけら》もない、礼儀作法やマナーについて厳しい躾《しつけ》を受けてきた、本当に育ちのいい御曹司《おんぞうし》の素直さを見せる慎司に、美枝子もつい本音を漏らしていた。

「やめてくださいよ。美枝子さんがいなくなって困るのは僕なんですから、クビ云々《うんぬん》なんて考えたこともないですよ。でも、これでわかっていただけたと思いますが、美枝子さんが僕に裸を見せる必要なんて、ゼロなんです。これからもいままでどおり、よろしくお願いします」

お互いの立場、意見がわかったことにホッとしたのか、慎司の顔に自然な笑みが浮かんでいた。しかし、美枝子としては聖羅の裸の記憶をまだ消してもらえていないだけに、「はい、そうですか」と戻るわけにはいかなかった。

「ありがとうございます。でも、それとは別に、お願いしたいんです。ご迷惑な話だと承知していますが、母親の立場としては、慎司さんの中にある娘の裸を少しでも消してあげたいんです。ですから……」

食いさがるように、美枝子は慎司を見つめつづけた。

「そっか、そういうことか……。そうですよね。美枝子さんの立場からすれば、僕が聖羅さんの裸を憶えているのは望ましくないですよね」

美枝子の懸念《けねん》を察したらしい少年が、左手の親指を顎に、人差し指を唇に当てるポーズで思案に耽《ふけ》りはじめた。

「お願い、できますでしょうか」

「あの、美枝子さんはそれでいいんですか。聖羅さんのためというのは理解できますけど、僕に裸を見せるなんて、本当にいいんですか？」

「はい……」

慎司の確認に、美枝子は大きく頷き返した。

「わかりました。でしたら、お言葉に甘えさせてもらいます。美枝子さんの裸、見せてください。お願いします」

ふっとひとつ息をつき、慎司がまっすぐに見つめ返してきた。その顔は緊張のためか、少し強張っているように見え、それがこれから裸体を晒《さら》す美枝子の心に、ほんの少しの余裕をもたらしてくれた。

「お見苦しい身体ですが、ご容赦《ようしゃ》ください」

さすがに緊張で強張りそうになる中、美枝子も小さく息をつき、U字型のワンピースの襟部分を摑み、Tシャツを脱ぐのと同じ要領で脱ぎ去った。豊かな砲弾状に実った膨らみが、タップタップと揺れながらあらわとなる。

「す、すごい……」

まさかワンピースの下がノーブラだったとは思っていなかったのだろう、慎司が一瞬息を吞み、次いで感嘆《かんたん》の声を放ってきた。

(本当に私、慎司さんに、聖羅の同級生の男の子に、裸を見られちゃってるんだわ)

ワンピースを床に落とした美枝子は、羞恥に頰を染めながらも、少年の熱い眼差《まなざ》しを黙って受け止めていた。

夫を亡くして十年、オンナを捨て去ってきた四十歳の身体。大きすぎて邪魔だと感じていた九十センチを優に超《こ》える豊乳。サイズもGカップあり、下着一枚の値段も高くなってしまうため、家計的にも悩みの種であった。その膨らみに、熱い視線が突き刺さってきている。

（自分から言いだしたことだけど、やっぱり恥ずかしいわね。でも、これで慎司さんの中にある聖羅の裸が、少しでも消えてくれれば……）

　高校一年生にしては充分すぎるほど豊かな双乳を持つ娘。実際に慎司がどの程度、娘の裸を見たのかはわからない。だが、乳房の大きさでは美枝子のほうが数段勝《まさ》っており、慎司の中にある聖羅の胸が少しでも霞《かす》んでくれればという思いは強かった。

（胸やお尻、太腿は私の身体のほうが迫力あるでしょうけど、ウエストだけはどうしようもないわね）

　慎司の視線は乳房だけではなく、下半身にもまんべんなく注《そそ》がれていた。だが、ウエスト部分だけは素通りしているような感じだ。運動部に所属している引き締まった娘の腰回りに比べ、中年となって余分なお肉がつき、括れも浅くなってしまっているだけに、そこは致し方がない部分だろう。

　上はノーブラだが、もちろん下は着けている。ボリューム満点の双臀を包みこむ、なんの変哲もないベージュのおばさんパンティ。少年の目線がパンティ前面に向かっているのを見ると、熟女の腰が小さく震え、かすかな疼きが子宮を襲ってくる。

（ヤダわ、慎司さんの視線に身体全体が熱くなってきてる。こんな感覚ずっと忘れていたからまったく考えていなかったけど、私ってまだ現役のオンナなのね）

それは娘との生活を守るため、必死に働いてきた美枝子にとって新鮮な驚きでもあった。そしてその直後、慎司のある変化に気づいた。陶然とした表情には切なそうな色が滲《にじ》み出し、両手で股間を押さえつけていたのだ。

（慎司さん、私の身体に興奮してくれているの？　こんなオバサンの身体に高校生の男の子が……）

先ほどまで娘の裸体を思い出しペニスを握っていた少年が、四十路《よそじ》熟女の身体に性的刺激を受けているらしいことに、美枝子の背筋がゾクゾクッと震え、子宮にはっきりとした疼きが走った。忘れていたオンナを思い出したかのように、肉洞内で膣襞が妖《あや》しく蠢《うごめ》きだしていく。

「興奮、してくださっているのですね。私の、こんな崩れた身体でも、慎司さんを興奮させられているのですね」

「美枝子さん、そんなに自分を卑下《ひげ》しないでください。美枝子さんはお綺麗ですし、身体だってすっごくグラマーで素敵です！」

上気《じょうき》した顔を向け上ずった声で返してくる慎司に、美枝子のオンナがさらに刺激を受けてしまった。

「あぁ、慎司さん……。いいんですよ、我慢なさらずに、オチ×チン、こすってください。私、目をつむっていますから、好きなだけ、この身体で……」

「そ、そんな、さすがに、それは……」

慎司の顔が一瞬にして赤くなった。だが、美枝子の提案を魅力的に感じてくれたのか、ペニスを押さえつけている手にいっそう力がこもったのが見ていてもわかる。

（そうよね。さっきチラッと見ちゃってるけど、さすがに恥ずかしいわよね。いま私が下に戻ったら、慎司さんは私のこの身体を思い出してしてくれるのかしら？　それともやっぱり聖羅の裸を……。それだけは避けないとここまでした意味がないわ）

「で、では、私が手で……。お、お手伝いさせていただくというのは？」

耳に届く声がかすれている。言った瞬間、ズンッと子宮に鈍痛が襲い、オンナとしての悦《よろこ》びを求めるかのように、秘唇表面にうっすらと蜜液が滲み出していく。

この部屋を訪れたときには、そこまでのことをするつもりはなかった。しかし、慎司のまっすぐな態度に熟女の母性はいやでもくすぐられ、自分でも想像していなかった大胆さを露見《ろけん》することになっていたのだ。

「み、美枝子さん、なにを言ってるんですか。そ、そんな、こと……。ゴクッ」

「今後も聖羅ではなく、私の身体を思い出していただきたいんです。慎司さんの中から、娘の裸を少しでも消せれば私は……。ですから」

慎司が生唾を飲んだ音にすら性感を煽《あお》られながら、美枝子はうっすらと上気した顔で見つめ返した。

「ほ、本当に、いいんですか？」

「はい、私でよろしければ、お手伝いさせていただきます」

上ずった声で確認してくる慎司に、美枝子は大きく頷き返した。

「じゃ、じゃあ、あの、お、お言葉に甘えて。でも、あの、少し、後ろを向いていてもらえますか？　やっぱり少し恥ずかしいので」

「はい」

ベッドから立ちあがった慎司に頷き、美枝子は再び少年に背中を見せた。先ほどとは逆に、今度はパジャマズボンと下着を脱ぎおろす、かすかな衣擦《きぬ》れが耳に届く。

（ついあんなこと言っちゃったけど、あの人が亡くなってから初めて、男の人のを触るのね。それも自分の雇い主の息子さんの、娘の同級生の男の子のモノを……）

改めて考えるまでもなく、とてつもなく大胆なことを提案してしまったという思いが募ってくる。だが、これからも無事に仕事をつづけられ、なおかつ娘の安全も確保できるのなら安いものだ。

「あの、もうこちらを見てもらって、大丈夫です」

かすれた慎司の声に促《うなが》され振り返ると、恥ずかしそうに背を少し丸めた少年が、両手で股間を隠していた。だが、両手の下に隠されたペニスは興奮状態を維持し、天を衝《つ》く勢いでそそり立っているのが隙間から確認できる。その瞬間、美枝子の腰がまたしても震えてしまった。

「慎司さん、両手を」

ぎこちなく語りかけると、緊張した面持ちの少年が屹立を晒してきた。

「あぁん、すっごい。そんなに大きくしてくれていただなんて……」

思わず感嘆の呟きが口をつき、生唾をゴクッと飲みこんでいた。

先ほどは一瞬、チラッと見ただけであったが、いまは遮《さえぎ》るものがない状態で十代少年の逞しい肉槍を見つめることとなった。下腹部に張りつきそうに、裏筋を見せつけてくるペニス。亀頭がパンパンに張りつめ、表面がうっすらと光沢を放っている。さらにかすかな牡臭も鼻腔粘膜をくすぐり、性的刺激から遠ざかっていた熟女の性感を煽ってきた。

「そんなジッと見ないでください。すっごく恥ずかしいんですから」

「申し訳ありません。では、あの、さ、触らせて、いただきます」

心臓をバクバクさせながらかすれた声で言うと、美枝子は右手を慎司の下腹部へとのばした。誇らしげに裏筋を見せつけてくる肉竿の中央付近をそっと握りこむ。その瞬間、少年の腰がビクッと震え、熱い強張りが小さく跳ねあがった。

「うはッ、あぁ、美枝子、さん……」

「あぁん、とっても硬くて、熱くて、素敵です。さあ、気持ちよくなってください」

そう言って美枝子は右手に握る硬直を優しく上下にこすりはじめた。漏れ出した先走りが肉竿に垂れ落ち、チュッ、クチュッと粘つく摩擦音を奏でていく。すると、鼻の奥に突き刺さる性臭も濃くなり、熟女の性感があぶられていく。

(本当にすごく硬くて、熱い。こんなガチガチに漲《みなぎ》ったオチ×チン、初めてだわ。やっぱり若いから、それだけここも元気なんだわ)

十年ぶりに触れるペニスの感触に、美枝子の腰が自然とくねりだしていた。刺激を欲《ほっ》する柔襞の蠕動《ぜんどう》が激しくなり、パンティクロッチが漏れ出した蜜液で湿り気を帯《お》びはじめているのがわかる。

(あぁん、困ったわ。あそこがこんなにビクビクしちゃうなんて。エッチなことからずっと遠ざかっていたからなおのこと、敏感に反応してるんだわ。慎司さんには早く

出してもらわないと、私のほうがおかしくなってしまう）

熟れた肉体の反応に戸惑いを覚えながら、美枝子は手淫速度を速めていった。

「くっ、おぉぉ、き、気持ち、いいです。自分でするのと全然、違う。はぁ、女の人にこすってもらうのが、こんなに気持ちいいなんて……」

「いいんですよ、もっと気持ちよくなってください。出したくなったら、いつでも、私の身体にかけてくださってかまいませんので、我慢しないでくださいね」

愉悦に顔を歪《ゆが》め快感を伝えてくる慎司に対する美枝子の声は、いつしか艶っぽさが増し、少年を見つめ返す瞳は悩ましく潤みはじめていた。

「美枝子さんの身体に……。ゴクッ。はい、ありがとう、くぅ、ございます。はぁ、本当にすごい。まさか裸の美枝子さんに、こんなことしてもらえるなんて……。あぁ、大きなオッパイをナマで見ながらなんて、すっごく贅沢《ぜいたく》な気分です」

「こんなオバサンの身体でよろしければ、触ってくださってもいいんですよ」

（あん、ヤダわ。本当に私、エッチな気持ちが強くなってきちゃってる。でも、それで早く出してもらえるのなら、結果としては悪くないわよね）

昂《たかぶ》る性感に煽られた思考が、都合のいい言い訳を繰り出してくる。

「えっ？　そ、そんなことまで、いいんですか？」

慎司の両目が大きく見開かれた。それと同時に、右手に握るペニスがビクンッと大きく跳ねあがり、さらに一回り膨張したようだ。

「あんッ、すっごい、さらに大きくなるなんて……。慎司さんがそれで気持ちよくなっていただけるのでしたら、私はかまいませんから、どうぞ、お好きなように」

「じゃあ、あ、あの、す、少し、だけ……」

かすれた声で囁《ささや》いた少年の右手が、左の膨らみに重ねられてきた。手のひらをいっぱいに広げてもとうてい全体を包むことができないたわわな肉房。熟した乳肉がやんわりと揉みこまれてくる。

「あんッ、慎司、さん……」

「や、柔らかい。オッパイって、こんなに……。ゆ、指が沈みこんじゃう……」

乳房をひと揉みされただけで、美枝子の背筋に愉悦が駆けあがった。腰が切なそうに左右にくねり、さらなる刺激を求める肉洞がざわめいている。

「す、好きになさってください。こんな胸でよろしければ、慎司さんの自由に……」

(とは言っても、はぁン、このまま揉まれつづけたら、本当に私、どうにかなってしまいそうだわ。一刻も早く、慎司さんに射精してもらわないと……)

恍惚《こうこつ》顔で左乳房を揉みこんでくる慎司を、淫靡《いんび》に潤んだ目で見つめながら、美枝子は右手に握る逞しい肉槍を、さらに力強くこすりあげていった。

「ンほぅ、はぁ、気持ちいい、僕、本当にもうすぐ……」

ビクビクッと断続的に腰に痙攣《けいれん》が襲い、煮えたぎった欲望のエキスを圧《お》し出すべく睾丸が根元方向に引きあげられてきていた。

「いいんですよ、出して。さあ、我慢しないで」

美枝子の手首のスナップがいっそう利《き》いてくる。ジュッ、クチュッと溢れ出した先走りと熟女の指がこすれるたびに放たれる摩擦音も大きくなっていた。さらに家政婦の右手は肉竿だけではなく、張りつめた亀頭へも指をのばし、溢れ出した先走りでネットリとしている先端をそっと撫でつけてくる。

「おぉぉ、美枝子さん……」

ピキンッと鋭い愉悦が身体を貫《つらぬ》き、危うく意識が飛んでしまいそうになった。

（もっと、もっとこの時間がつづけば……。こんなに柔らかくって大きなオッパイを揉みながら、しごいてもらえるなんて、ほんの十分前には想像できてなかったよ。偶然、沼田さんの裸を見ちゃったことが、こんなことに繋がるなんて……）

脳裏に脱衣所で見てしまった聖羅の裸体が一瞬浮かぶも、それはだいぶ印象が薄れていることに気がついた。美枝子のグラマラスな肉体を眺め、さらには豊乳に触りながらの手淫奉仕を受けることで、熟女の思い、娘の裸の記憶を消してほしいという願いを、成就《じょうじゅ》させせようとしている。

「美枝子さん、お、オッパイ、吸ってもいいですか?」

「えっ!? ど、どうぞ、慎司さんのお好きなように、なさってください」

一瞬、驚きに両目を見開いた美枝子が、潤んだ瞳を伏せるようにして頷いてきた。その仕草の艶《なま》めかしさに、慎司の背筋がゾクッとしてしまった。

「それじゃあ、少しだけ」

高校生にもなって熟女家政婦の乳房を欲する己《おのれ》の姿に、さすがに恥ずかしさを覚えながらも、慎司は右手でとてつもなく柔らかなスライム乳を捏《こ》ねあげ、美枝子の右乳房、薄茶色の乳暈《にゅううん》の頂上に鎮座《ちんざ》する焦げ茶色の乳首に唇を寄せていった。ムワッとした甘い乳臭にウットリとしつつ、乳頭を唇に挟みこむと、すかさずチュパッ、チュパッと吸い立てた。

「はンッ、慎司さん、あぁん……」

美枝子の口から甘いうめきが漏れ、後頭部を左手で優しく撫でまわされた。

「美枝子さんのオッパイ、とっても甘い匂いがして、美味しいです。チュパッ……」

「いいんですよ、吸って。私のお乳でよければ、好きなだけ」

艶めいた声で返してきた美枝子だが、その間も右手はしっかりとペニスを握り、リズミカルにしごきあげてきていた。小刻みな痙攣が強張り全体を襲い、鈴口からは粘度を増した先走りが溢れ出していく。

（くっ、はぁ……。もっと、もっとこうしていたいのに。大きなオッパイにたっぷり甘えて、しごいて、こすっていてもらいたいのに、本当にもう限界が近い。でもまだ、もう少しくらいは、このまま……）

迫りあがる射精感を懸命にこらえながら、慎司は熟乳にむしゃぶりついていた。甘い乳臭で肺腑《はいふ》を満たし、チュパッ、チュパッと吸っていると、乳首が硬化してきたことがわかった。

（美枝子さん、僕にオッパイ弄《いじ》られて感じてくれているんだ。だったら、もっと……。出ちゃうまでに、もっといっぱい感じさせてみたい）

肛門を引き締めることで突きあがる射精感を先送りすると、右手の指の腹で左乳房のポッチを転がし、唇に含んだ右乳首を甘嚙みしながら舌先で嬲《なぶ》っていく。

「はンッ、ダメです、それは。乳首、吸うだけに……。あぅン、そんな指や舌で刺激されたら、私……。あんッ、慎司さん、それは許してください」

切なそうに腰をくねらせた美枝子が甘い嬌声《きょうせい》をあげると、ペニスがさらにギュッと握りこまれた。その瞬間、偶然にも指先の一部が亀頭裏のくぼみに這《は》わされることとなり、痺れるような愉悦が脳天で弾けた。亀頭がグググッとさらなる膨張を遂げ、肉竿全体が狂おしげに跳ねあがっていく。

「くはう、あぁ、ダメ、美枝子さん、僕、本当に、もう……」

めくるめく快感に、慎司は乳首から口を離していた。

「出してください。このまま、私のお腹に向かって出してくれてかまいませんので、我慢せずにそのまま……。早く」

「オッパイに、僕、美枝子さんのこの大きなオッパイに出したいです。だから……」

気を抜けばその瞬間に白濁液を噴きあげてしまいそうな感覚に襲われる中、慎司は奥歯を嚙み、絞り出すような声で訴えた。

「オッパイに？ そ、それって、慎司さんのを胸に挟めばよろしいんでしょうか？」

「は、挟んでもらえるんですか？」

(僕はただ、美枝子さんのオッパイに向かって射精したかっただけなんだけど、もしかして、パイズリ、してもらえるの!?)

「お望み、でしたら。ただ、私、亡くなった主人にもほとんどしたことがないので、上手くできるかどうかは……」

「かまいません。お願いします、美枝子さんのオッパイに、はっ、挟んでください」

悩ましく上気した顔で自信なさげに言ってくる熟女家政婦に、慎司は食いつき気味に嘆願《たんがん》していた。

意識を総動員して寸前に迫る射精感をやりすごし、右手を左乳房から離すと、美枝子がいったんペニスを解放し、すっとその場にしゃがみこんできた。すかさず右手で強張りを握ると、深い胸の谷間にいざなってくる。熱くいきり立つ肉槍が、得も言われぬ柔らかな乳肉にムニュッと包みこまれた。

「ンほっ、あぁ、す、すっごい……。本当に僕のが美枝子さんのオッパイに……」

「あぁん、とっても硬いです。慎司さんの、すっごく熱くて、私のお乳が熱で溶かされてしまいそうです。さあ、気持ちよくなってください」

美枝子はそう言うと、両手を乳房の両側面に這わせ、乳肉をギュッと中央に寄せるようにしながら、膨らみを互い違いに捏ねあげてきた。優しい締めつけのなめらかな乳肌で、強張りが弄《もてあそ》ばれていく。

「くはッ、うっ、おぉぉ、み、美枝子、さン……」

(手で握られるのと全然違う。もっと優しくて、柔らかくて、温かい感じだよ。こん

なの我慢できるわけがない）

初めてのパイズリに慎司の頭は快感でクラクラとしていた。乳肌に包まれたペニスを襲う断続的な痙攣が、その間隔を一気に縮めている。

「出してください。慎司さんの熱い精液、私の胸にたっぷりと一滴残さず。私のお乳に恵んでください」

熟乳に翻弄《ほんろう》されつづけるペニスからの快感に加え、淫靡に潤んだ瞳で見上げてくる熟女の艶めかしさに背筋が震えてしまう。

「あぁ、出ちゃう。僕、本当に……」

限界まで膨張した亀頭がビクッと跳ねた次の瞬間、必死に押しとどめていた欲望のエキスが一気に輸精管を駆けのぼり、ドビュッと深い谷間に炸裂した。

「あんッ、あっついのが、谷間に、キャッ！　あぁん、すっごい、こんなに……」

悩ましく火照《ほて》った顔で見上げてきた美枝子が、豊乳に這わせていた手の力を抜いた瞬間、射精の脈動をつづける強張りが胸の谷間から飛び出し、白濁液が熟女の顔を襲った。ドロッとしたゲル状の粘液が、美枝子の頬をゆっくりと垂れ落ちていく。

「あぁ、ごめんなさい、美枝子さん。オッパイだけじゃなく、顔にまで……」

艶めいた家政婦の顔が己の放った精液で汚されていく背徳感に、慎司の背筋にはさざなみが駆けあがり、さらなる精液を迸《ほとばし》らせてしまった。

「いいんですよ。慎司さんの中に溜《た》まっているもの、全部、私の身体に浴びせてください。あぁん、それにしても、すっごいです。こんなにたくさんの精液を出してくださったなんて。ご満足、いただけましたか？」

「はい、もう、最高でした。こんなことまでしてもらって、ありがとうございます」

（本当にこんなことまでしてもらっちゃったら、今後は美枝子さんのこと、単なる家政婦さんとして見れなくなっちゃうよ）

胸はもちろん、頬や唇、顎に飛び散った精液を拭《ぬぐ》うことなく、赤らんだ顔で見つめてくる美枝子を、陶然とした表情で見つめ返す慎司の頭の中では、いつしか聖羅の裸体が消え、美枝子の爛熟《らんじゆく》の肉体が取って代わっていたのであった。

第二章　美熟女の甘美な肉奉仕

1

「もう最悪！　シャツ、ビチャビチャになっちゃったじゃない」

「それは別に僕が悪いわけじゃないだろう。天気に文句を言ってくれよ」

ゴールデンウィークも後半に差しかかったある日、聖羅は北関東の山間部にある別荘地を訪れていた。この地には谷本家が所有する別荘のひとつがあり、そこを夏に向かって使えるよう、開けに来たのだ。

美枝子が運転する車で朝早くに東京の家を出て、午前九時前には別荘に到着。すぐに雨戸を開けて窓を全開放し、空気の入れ換えをしつつ掃除。昼食を挟み、午後二時前に一通りの作業を終え、聖羅は慎司に付近を案内してもらっていた。

といっても、観光地でもない山間部。あるのは山と緑のみ。別荘は点在しているが人の気配はなく、舗装されていない道も多かった。それでも、散歩するにはいいかなと思っていると、遠くで雷鳴が聞こえ、降り出す前に別荘に戻ろうとしたのだが間に合わなかった。そこで、慎司が子供の頃に遊んでいた途中に見つけたという、小さな洞穴で雨宿りをすることになったのである。

「あ〜あ、これなら家でお母さんの手伝いをしていたほうがマシだったわね」

聖羅はスマホを取り出している慎司にチラッと視線を向け、ハンカチで顔を拭いながらさらなる文句を口にした。母の美枝子は別荘に残り、細々とした掃除をいまもつづけていたのだ。

「まあ、散歩に誘ったのは僕だし、その点は悪かったよ。あっ、もしもし、慎司です。——はい、大丈夫です。聖羅さんもいっしょです。——ええ、そちらに戻ろうとしている途中に降られちゃったので、いま雨宿りをしているところです。それで、申し訳ないんですけど、お風呂、沸かしておいてもらえますか。——はい。雨がやむか小降りになり次第、聖羅さんと戻りますので。よろしくお願いします。あっ、聖羅さんに変わりましょうか？　ちょっと待ってください」

どうやら別荘にいる美枝子に電話をかけていたらしい慎司は、そう言ってスマホを聖羅に差し出してきた。無言で受け取り、耳に当てる。

「もしもし、お母さん」

『ああ、聖羅。すっごい雨ね。あなたも大丈夫』

「大丈夫じゃない、けっこうなずぶ濡れ。いまは谷本くんが案内してくれた洞穴みたいなところで、雨がやむのを待っている感じ」

『怪我とかしていないのならいいわ。あまり急いで帰ってこようとしなくていいから、慎司さんの指示に従ってちょうだい』

「はいはい、わかりました。じゃあね……」

電話を慎司に戻そうかと思い同級生を見ると、首を左右に振ったので、そのまま通話を終わらせ、スマホを返す。

「ねえ、雨やみそう?」

「山の天気は変わりやすいからなんとも。でも、これは、しばらくつづきそうだな」

洞穴の入口から空を仰《あお》ぎ見た慎司が、諦《あきら》めたような顔で首を振った。チラリと聖羅も空を見上げたが黒い雨雲が一面を覆い、ときおり雷光が瞬《またた》き、間を置かずに雷鳴がとどろいていた。すると直後、なにを思ったのか、クラスメイトが着ていた七分袖のシャツを脱ぎはじめた。

「ちょ、ちょっと、なにしてるのよ!? いきなり脱がないでくれる」

聖羅は少し慌てたような声で非難した。

「僕だって脱ぎたくないけど、すぐにやみそうにないのに、こんな濡れたシャツをいつまでも着ていたら、風邪ひいちゃうだろう」

慎司はそう言うと脱いだシャツを、雑巾のようにギュッと絞った。すると大量の水がボタボタボタと土の地面に滴り落ちていく。

「それは、そうだけど……」

(だからって脱がないでよ。でも、谷本くんって苦労知らずのお坊ちゃんのわりに、剣道部で鍛えているからか、けっこういい身体してるんだ)

細マッチョというほどには筋肉質ではないが、それでも胸板はそこそこ厚く、腹筋周りもうっすらと割れ、意外にも引き締まった身体をしていた。

「いちおう私、女の子なんですけど、そういう気遣いはしないわけ? それとも、使用人の娘ごときは眼中にないとか」

慎司が母だけではなく、聖羅に対しても日頃、気を遣ってくれていると感じながらも、意地悪な言葉が口をついていた。

「なんでそんなひねくれた言い方するかな。悪いとは思うけど、こんなことで風邪ひきたくないんだよ。まあ、成績優秀な沼田さんと違って、できの悪い僕は風邪なんてひかないかもしれないけどさ」

呆れたような表情を浮かべつつ、慎司はどこかからかうような口調で返してきた。

「なんで私の成績を把握してるのよ。谷本くんってストーカーなの？　怖いんですけど。うわっ、さ、寒っ！」

慎司が聖羅の成績の順位を知っていそうなことに驚きながらも、減らず口で返した次の瞬間、吹きこんできた風の冷たさにぶるっと身体を震わせた。雨の影響で気温もさがっているためか、風の冷たさがいっそう身に染みる。思わず両手で腕を抱《かか》えこんだ。

（ヤダ、これじゃあ本当に風邪ひいちゃうかも）

そんな思いが浮かんだ直後、すっと近づいてきた慎司に聖羅はいきなり抱き締められてしまった。

「キャッ！　イヤ、ヤメテ、変なことしないで！」

男性に抱き締められた経験などない聖羅は、ビクッと全身を強張らせてしまった。

「こうしていたほうが、少しは温かいだろう」

「だ、だからって、いきなりはヤメテよね……」

心臓の鼓動が一気に速まるのを意識しながら、聖羅は心の動揺を隠すようにつっけんどんな言い方で返した。

(でも、確かに谷本くんの体温が伝わってきて温かい。それにこの体勢、私に直接、風が当たらないように谷本くんが盾《たて》になってくれているんだわ)

同い年の少年のちょっとだけ青臭い体臭も、決して不快なものではなかった。それどころか、伝わってくる温もりと相まって、安心感すら覚えてしまう。

(最初お母さんから話を聞いたときは、同い年の男の子との同居なんて最低だと思っていたけど、谷本くんは家でも学校でも適度な距離を保って接してくれるから、私はそんなに疲れないで日常生活を送れているんだろうな。それに、お母さんが家政婦をしていて、私が同じ家で暮らしていること、本当に誰にも話してないみたいだし)

昔の学校なら、クラスの連絡網や住所録が作成され配られてしまうため、聖羅と慎司の関係は簡単に明らかになっていただろう。しかし、現在は個人情報保護の観点から、学校側が作成して配ることはなく、連絡は一斉メールで送られてきていた。友人同士の連絡も携帯やメッセージアプリ経由であり、家の電話ということはまずない。そのため、本人たちが明かさない限り、知られる心配は少なくなっていたのだ。もちろん、聖羅自身も慎司との本当の関係は誰にも話していなかった。

「ほんと、沼田さんは気が強いね」

「悪かったわね、気が強くて。誰かさんみたいに育ちがいいわけじゃないので」

「それ、関係ないと思うけど……。って、本当に冷てぇな」

呆れ気味で返してきた慎司の、ボソッとした呟きもしっかりと聞こえていた。上半身裸になっている少年と違い、聖羅は長袖Tシャツを着たままのため、シャツが含んだ水気がダイレクトに伝わってしまっているのだ。

(あれ以来、お互いに触れないようにしてきたけど、私、谷本くんに裸を見られちゃってるのよね。だったら、シャツを脱ぐくらいは……)

濡れたシャツをいつまでも着ていては風邪をひいてしまうというのは、慎司の言うとおりだ。しかし、年頃の女子としては男子の前で積極的に脱ぐことなどできない。だが、ほんの一瞬だったとはいえ、慎司には風呂あがり直後の全裸を見られた過去があるだけに、そこまで意識する必要はないのかもしれない、という気持ちにもなる。

「風邪、ひきたくないから、私もシャツ、脱ぐわ。だから、あっち、向いてて!」

「えっ? あっ、あぁ、わ、わかったよ」

聖羅の言葉に驚き顔となった慎司は、いったん抱擁《ほうよう》を解《と》くと、ぎごちなく回れ右をしてくれた。再び洞穴の入口付近まで行き、空の様子を見てくれている。

（ふぅ、やっぱり緊張するな。でも、谷本くんなら、大丈夫、だよね）

自分を納得させるように内心で呟き、聖羅は濡れて肌に張りつく長袖Tシャツを脱いだ。下からあらわれたのは、高校一年生としては豊かに実ったEカップの乳房を覆う、ピンクのブラジャーである。慎司が背中を向けていることを確認してからTシャツを絞ってみると、やはり大量の水が滴り落ちた。

「もう、いいよ。こ、こっち、向いて」

さすがに恥ずかしさがあり、心なしか声が上ずってしまっていた。

慎司がこちらを振り向き聖羅の姿を見た瞬間、少年の喉が上下に動くのがはっきりとわかった。

「あ、あまりジロジロ見ないでよ、変態！」

ブラジャー越しの双乳に注がれる、同級生の視線に頬が熱くなるのを感じながら、ぷいっと顔をそむけた。

「ご、ごめん。じゃあ、あの、だ、抱き締めさせて、ゴクッ……もらうね」

慎司が再び抱き締めてきた。その瞬間、聖羅の胸がキュンッとなった。今度は先ほど以上に強く、少年の肌の温もりが感じられる。ブラジャー越しの膨らみが同級生の胸板で押し潰される感触に、女子高生の腰は小さく震えてしまった。

（まさかこんな形で、初めて男の子と抱き合うことになるなんて……）

心臓が再びその鼓動を速め、緊張が伝わってしまうのではないかと心配になる。だが直後、聖羅はドキッとした。下腹部になにやら硬い物体が押しつけられたのだ。

（こ、これって、まさか……。そんな、た、谷本くんの……）

「ちょ、ちょっと！　変なモノ、押しつけて、こないでよ」

初めての感触にパニックに陥《おちい》りそうになりながらも、聖羅は強気な態度を取った。

「ご、ごめん、でも、これは……」

「変なことしたら、本当に許さないからね。谷本くんにムリヤリ犯されたって、学校中で言いふらしてやるんだから」

心の動揺をごまかすように、言い訳をしようとする慎司の言葉に被せていく。

「あのなぁ……。はぁ、もし本当にそんなことされたら、僕も沼田さんに関する噂は真実だったって、言い広めることにするよ」

少しムッとした様子の慎司が、思いがけない言葉を放ってきた。

「私に関する噂って、なに？」

「えっ？　あぁ、それは……」

訝《いぶか》しげな表情で慎司を見上げると、少年は少し気まずそうにしながら、卑猥な噂について話してくれた。聞いた瞬間、聖羅の全身が恥ずかしさと悔しさでカッと燃えるように熱くなった。

「最低！　谷本くんもその噂、信じてるんだ。だから、こんなふうに変なモノを押しつけきてるのね」

「信じてないよ。これについては、悪いと思うけど、生理現象なんだから、仕方ないだろう。沼田さんみたいな、綺麗でスタイルのいい女の子とこんなふうになれば、誰だって……。それと、噂の件だけど、聞いた直後に、根も葉もないことだろうって言っておいたよ。そもそも、噂を流している本人の願望だって話だし」

吐き捨てるように言った聖羅がキッと睨むと、慎司は慌てたように返してきた。

「それなら、いいけど……」

「このひと月、沼田さんと間近に接してみて、すごく真面目な女の子だってわかってるつもりだよ。でも、さすがに、それは言えないだろう」

「それは、そうだけど」

直後、再びビューッと強い風が洞穴内に吹きこんできた。そのあまりの冷たさに、聖羅は同級生にしがみつく格好となってしまった。すると慎司の両腕にも力がこもり結果きつく抱き合う体勢となってしまう。硬い物体がさらに強く押しつけられてきたが、寒さの前ではさほどのことでもない。

「これ、帰ったらすぐ風呂に入らないと、本当に風邪をひきそうだな」

勃起を押しつけている気まずさがあるのか、慎司が話題を変えてきた。

「お母さんは怒るだろうけど、私が先だからね」

「それはいいけど、もし僕が風邪をひいたら、誠心誠意の看病を要求するからな」

「なによ。おじやでも作って『あ〜ん』でもしてあげればいいわけ？」

聖羅自身も下腹部に当たる物体を意識していないふうを装《よそお》うように、軽い口調で返していく。

「それもいいけど、寝るときには裸で添い寝でもしてもらおうかな」

「なによ、それ。変態！」

「下も全部脱いで、本当にスッポンポンになってもらうよ」

そう言うと慎司がさらに強く抱き締めてきた。下腹部に押し当たるペニスが小刻みに跳ねているのが伝わってくる。

「ちょっと、谷本くん、冗談、よね？」

「本気だよ。沼田さんのこの素敵な身体で、僕のこれ、鎮《しず》めてもらうからね」

不安になった聖羅が震えた声で尋ねると、同級生の少年は腰を揺すり勃起の存在をはっきりと意識させてきた。その瞬間、聖羅の全身が恐怖で強張った。

「ヤダ！　絶対にそんないかがわしいことしないから。なんで、初めてをそんな形で奪われなきゃいけないのよ」

慎司に強く抱き締められているため、身動きができないながら、聖羅は全身の勇気を掻《か》き集め、震える声で言い返した。

「えっ⁉　はじ、めて？」

驚いたような声をあげた慎司の腕の力が、少しだけ弱まった。

(谷本くん、私が経験あるって思ってたんだ)

そのことを少し悲しく思いながら、聖羅は涙が溢れそうになる瞳で慎司を睨んだ。

「そうよ、悪い⁉」

「全然、悪くなんかないよ。ごめん、ちょっと軽口がすぎたね」

バツの悪そうな顔になった慎司に、なぜか少し溜飲《りゅういん》がさがる思いがした。

「ねえ、谷本くんは経験あるの？」

「そんなの……。あるわけないだろう」

「そうなんだ。大胆なこと言うから、あるのかと思った。それこそ、家政婦さんが手取り足取り教えてくれる、みたいなことなかったの？」

お返しとばかりに、聖羅がからかうような口調で問いかけた。

「なんだよ、その昔の若さまみたいな設定は。家政婦さんは、母より十歳以上年上の人ばっかりだったから、そもそも、そんな目で見たこともなかったよ。母より若いのって、美枝子さん、沼田さんのお母さんが初めてじゃないかな」

苦笑混じりに慎司が返してくる。それだけで、先ほどまでの気まずさが消えたような感覚になった。

「じゃあ、ウチのお母さんに頼んでみれば？」

軽いジョークのつもりだったのだが、下腹部に密着するペニスが激しく震え、さらに一段大きくなるという思いがけない反応に、聖羅の思考が一瞬フリーズした。

（まさか谷本くん、お母さんの身体に興味があるの？　同級生の私じゃなく、四十歳のオバサンに⁉）

化粧にさほど気を遣っていない様子ながら、母の美枝子はそれなりに美形であり、グラマラスな肉体をしているとは思う。しかし、そうはいってもすでに四十歳であり、男子高校生が性的対象にするとは考えていなかったのだ。

「なんかいま、硬いのがピクってして、さらに大きくなった気がする。これって、お母さんの身体に興味があるってこと？」

いまだ衝撃の中にいながらも、聖羅は悪戯《いたずら》っぽい目を少年に向けた。

「ま、まさか、そんなこと、あるわけ、ないだろう。これは、沼田さんの胸の感触が気持ちいいから、だよ。ほら、沼田さんってオッパイ、大きいから」

（ふ～ん、本当にお母さんの身体に興味があるんだ。なんか悔しいけど、でも……）

目が左右に泳いだ慎司の、取って付けたような言い訳に複雑な思いを抱きながらも、同時に父が亡くなってからは苦労して自分を育ててくれている母に、オンナを取り戻させることができるのではないか、という考えも浮かんできた。

「ほんと、バッカじゃないの……。でも、真面目な話、お父さんが亡くなってからは一度も、お母さんそういうことしてないと思うのよね。たぶん、そんなこと考える余裕もなかっただろうし」

「だからって、僕なんて眼中にないだろう。娘の同級生なんだし」

「その言い方、やっぱりお母さんの身体に興味あるんだ。まあ、お母さん、すっごくグラマーだから、エッチな谷本くんが気になっても仕方ないと思うけど」

「悪かったな、男はみんなエッチなんだよ。いまこうして、沼田さんと温め合っているのだって、必死に理性を保ってるんだぞ。本当にすっごくドキドキしてるんだからな。心臓の鼓動が聞こえたらどうしよって」

再び両腕に力をこめてきた慎司が耳元で囁いた。

「それは私もいっしょだよ。男の子とこんなふうになったの、初めてだもん。私、お母さんに苦労かけている自覚はあるのよ。だけど、お母さんにはずっと綺麗でいてほしいし、オンナとしても輝いていてもらいたいの」

（なんで私、谷本くんにこんな話してるんだろう。ひと月前に初めて会った相手に）

中学時代の友人にも、もちろん高校に入ってからできた友だちにも話したことがない気持ちを、縁《えん》あって同居することになった相手には抵抗なく話せていることに軽い驚きがあった。

「それ、素直に美枝子さんに言えばいいじゃないか」

「そんなこと、面と向かっては恥ずかしくって言えないよ」

「僕には言えるのに？」

からかうような囁きに、顔面がカッと熱くなる。

（ヤダ、私、なに意識してるのよ。これじゃあ、私が谷本くんのことを……。だから、私にエッチな経験がありそうだって思われていたことや、お母さんのほうに興味がありそうだってわかってイヤな気持ちになったのかな）

自分の意外な想いに気づいてしまい、聖羅は激しく動揺した。心の乱れを鎮めようと、慎司の肩越しに洞穴の入口を見る。すると、いつしか雨はやみ薄陽が差しこんでいた。

「うっ、うるさい！　あっ！　もう、雨やんでるじゃない。もう、いつまでも抱き締めてこないでよ」

大袈裟なまでに不機嫌そうな声でそう言うと、聖羅は身体を激しくよじり、半ば強引に慎司との抱擁を解いた。再びあらわとなったブラジャーと豊かな膨らみに、同級生の熱い視線がまたしても注がれてくる。

「ジロジロ見ないでよ、変態」

「ご、ごめん……」

ハッとしたように視線をそらせた慎司は、慌てたように回れ右をすると、再び七分袖のシャツを着はじめた。それを見ながら、聖羅も冷たい長袖Tシャツを身に着けると、クラスメイトと連れだって母の待つ別荘へと戻った。

2

谷本家の別荘。その台所脇の和室で聖羅と布団を並べて横になった美枝子は、布団に入って十分もしないうちに、娘が部屋を抜け出したことに気づいた。最初はトイレだろうと思ったのだが、完全に閉めきられてはいなかった襖《ふすま》の隙間から、トントンッと階段をのぼるリズミカルな音が聞こえ、ハッとした。

(まさか、こんな時間に慎司さんの部屋へ?)

不審な思いが募ってくる。日中、散歩に出たおり突然の雷雨に見舞われ、雨宿りをして戻ってきた二人。そのときになにかあったのではないか、そう考えると居《い》ても立ってもいられない気分になり、美枝子も布団を抜け出し、部屋を出た。

家の中心に広い吹き抜けのある谷本家の別荘。一階には広々としたリビングとダイニングキッチンがあり、和室も二部屋用意されていた。慎司からは「二階のベッドのある部屋を使ってください」と言われたのだが、家政婦としての仕事がしやすいため、母娘で台所横の和室を使わせてもらうことにしたのだ。

(聖羅はベッドのほうがいいって言っていたから、もしかしたら、二階の空き部屋に向かった可能性も……)

若い男女が間違いを犯していないことに一縷《いちる》の望みを託《たく》しつつ、音を立てないよう細心の注意を払って階段をあがった。吹き抜け部分を囲う廊下に沿う形で、左右に二つずつの部屋が用意されている。そのひとつ、慎司が使っている部屋のドアがかすかに開き、廊下に細い光の帯がのびているのを見つけ、思わず天を仰いだ。

(やはり慎司さんのところへ……。こんな時間になんの用があるっていうのかしら)

不安な気持ちになりつつ部屋に近づいていくと、かすかな話し声も漏れてくる。

「ちょ、ちょっと、ぬ、沼田さん、なにしてるの急に。パッ、パジャマ、着てよ」

困惑がありありと伝わってくる慎司の声に、ドキッとさせられた。足音を立てないよう部屋の前へ行くと、かすかに開いていたドアの隙間からそっと中を覗きこんだ。その瞬間、飛びこんできた光景に美枝子は愕然《がくぜん》とさせられてしまった。

(なっ、なにをしているの、聖羅!)

なんと聖羅がパジャマを脱ぎ捨て、ピンクのパンティ一枚の姿でベッドの縁に座る慎司の前に立っていたのだ。

スラリとした細身でありながら、豊かに実った乳房を晒している娘。腰回りの深い括れから、無防備にツンッと張り出したヒップ。そして適度に脂の乗った太腿から、キュッと締まった足首までのラインは芸術的な美しさを醸《かも》し、我が娘ながら惚れぼれとするほどであった。

「なによ、洞穴で雨宿りをしたときに、『先に風呂を使うのなら夜伽《よとぎ》に来い』って言ったの、谷本くんじゃない。私は約束どおりに来てあげただけなんだけど」

「なっ⁉ いっ、言ってないだろう、そんなこと。もしそれが原因で風邪をひいたら看病してもらうって言っただけで。そもそも『夜伽』なんて言葉、どこから出た」

聖羅の言葉に反論した慎司は、一瞬、娘に視線を向けたが、すぐに裸を見ないよう目を伏せてくれていた。

「看病の際は全裸でのご奉仕を要求したじゃない。それに、本当にいいの？ せっかくこの身体、好きにできるチャンスなのに」

娘は同級生の少年をからかうように言うと、両手を自らの膨らみに這わせ、量感を見せつけるように持ちあげてみせた。

「なに、考えてるんだよ。そんなの冗談に決まってるだろう。それに、美枝子さんがこんなことを知ったら、悲しむぞ」

「なに？ 私じゃなくって、やっぱりお母さんに夜伽をしてほしいわけ？」

「ち、違ッ！」

一瞬、聖羅に視線を向けた慎司だが、慌てたように視線をそらせていく。

「私、谷本くんには一度、全裸を見られてるのよね。それに、昼間も雨宿りしているとき、濡れたシャツを絞ったりして、ブラジャー姿も見られてるんですけど」

（なっ、なんですって!?　昼間、そんなことがあったなんて……）

扉の隙間から中の様子を窺《うかが》う美枝子は、交わされた会話に驚愕していた。だが、それだけでは聖羅の行動の説明がつかないような気もする。

「あ、あれは……。脱衣所の件はほんと、悪かったって思ってるよ。それに、あの件は記憶から消去しろって言ったの、そっちだろう。あと、雨宿りのときのことは、あのままじゃ風邪をひく可能性もあったわけで、それに、緊急避難だったわけだし」

「うふっ、なに真面目に答えてるのよ。そんなこと、わかってるわよ」

クスッとおかしそうに笑うと、聖羅は突然、慎司の腰を跨ぐような形で若い肉体を密着させていった。慎司はパジャマを着たままであるが、もし二人が全裸であったら対面座位となる体勢に、美枝子は両目を見開き、息を呑んでしまった。

（あの子、いったいなにを考えてるの？　まさか本当に慎司さんと……）

「ば、バカ、なにやってるんだよ。は、離れろって」

慎司が慌てふためいた様子で両手を聖羅の肩にかけている。

「こうすれば、ちゃんと目を見て話せるでしょう？」

「そんなのパジャマを着たままでも問題なかっただろう。いったいなにが目的なんだよ。言っておくけど、僕だって男なんだからな」

「わかってる。だって、谷本くんのここ、すっごく硬くなってるもん」

慎司が上ずった声で言うと、聖羅はわざとらしく腰を前後に揺らした。

「うわッ、あっ、くぅぅ……」

（な、なんて大胆なことを。慎司さんの硬いあれが下着越しに聖羅のあそこに……。もしかしてあの子、もう経験あるのかしら）

愉悦に歪む少年の顔を見つめる、娘のあまりに大胆な振る舞いに、美枝子は完全に気圧《けお》されていた。同時に、握ったことのある慎司のペニスの感触がありありと甦《よみがえ》り、下腹部に鈍い疼きが走った。

「ねえ、これって、私の身体で興奮してくれてるってことだよね？」

「当たり前だろう。もっと自分の美形とスタイルのよさ、自覚しろよ。あぁ……」

腰を揺すりつづける娘に、慎司の顔がいっそう歪んだ。

（こんなこと、すぐにやめさせなければ！）

理由をつけてドアをノックするべきだと思いつつ、身体が硬直して動かない。

「お母さんの身体はどう？」

「なんでここで、美枝子さんの名前が出てくるんだよ」

娘の口から自分のことが言われ、美枝子はドキッとしてしまった。それは慎司も同様らしく、当然の問いを発している。

「だって雨宿りしたとき、お母さんのこと、綺麗だって言ってたじゃない」

「それは、そうだけど……」

「あんっ、すっごい。いま谷本くんのこれ、ピクってした。やっぱり私とより、お母さんとエッチしたいんだ。ほんと、真面目なお坊ちゃまの顔して、スケベだよね」

（えっ！　まさか慎司さん、本気で私と……。まさか、そんなことは……）

ズンッと鈍い疼きが子宮を襲い、熟女の腰が妖しくくねってしまった。

「下着一枚の姿で男に跨がっている沼田さんには言われたくないような……。くぅ、はぁ、なあ、本当にいい加減にしてくれ、そうじゃないと、僕……」

「いいよ、私、谷本くんが相手なら……。エッチ、いいよ」

「えっ!?」

（聖羅、あなた、本気で慎司さんのことを……）

囁くような聖羅の言葉に、美枝子は慎司と同じように内心で声をあげていた。驚きのまま聖羅を見つめていると、娘はそのままチュッと慎司と唇を重ね合わせた。まさか娘の告白場面とキスシーンを覗き見てしまうとは、罪悪感が湧きあがってくる。

しかし、直後、思いがけない事態が起こった。呆然としている慎司を見て、クスッと微笑むと、聖羅が少年から身体を離し床に立った。そしてすぐさま、パジャマを着はじめたのである。

「えっ？　お、おい……」

「お母さんが目を覚ましたら困るから、戻るね」

事態についてこられていない様子の慎司に、聖羅が悪戯っぽい表情で返していく。

（ハッ！　こんなところで聖羅と鉢合わせするわけにはいかないわ。早く、下の部屋に戻らないと）

娘の言葉に、美枝子も一気に現実へと引き戻された。

「お、お前、完全に僕をからかったな」

「自分の勇気のなさを私のせいにしないでよ。絶好のチャンスを逃したことを後悔しながら寝なさい。それじゃあ、お休み」

美枝子が慎司の部屋の前を立ち去ったとき、後ろからはまだそんな会話が聞こえてきていた。その後、足音を殺しつつ、早足で和室へと戻った。

美枝子が和室で布団を被った直後、娘が隣の布団へと戻ってきた。

(それにしてもこの子が、あんな大胆なことをするなんて……。あれじゃあ、慎司さん、なかなか寝つくことができないんじゃないかしら)

寝たふりをしつつ、美枝子の頭の中では先ほど覗き見た光景がプレイバックされていた。どのくらいの時間が経ったのか、気づけば隣からは静かな寝息が聞こえてきている。同級生の少年をあれほど悩殺していた娘は、早々に眠りについたらしい。

(やっぱり、また私が少しお手伝いを……)

そう思った瞬間、再びの鈍痛が子宮を襲い、刺激を欲する膣襞が卑猥な蠕動を開始してしまった。

(あぁん、困ったわ。身体がこの前よりも敏感になってるみたい)

熟れた肢体の反応に悩ましく眉を寄せつつ、美枝子は隣で眠る聖羅を気にかけながら再び布団から抜け出すと、慎司の部屋を目指した。

3

(クソッ! 人のことをさんざん弄びやがって……)

聖羅のたわわな胸の膨らみや、胸板に押しつけられた弾力ある感触。さらには鼻腔をくすぐりつづけた甘い体臭をたっぷりと思い出し、欲望を発散させた慎司であったが、ベッドに横になってもいまだ悶々《もんもん》としていた。

この日はすでに一度、日中に雨宿りから戻ったあとの風呂場でも同級生のブラジャー越しの胸の感触を思い出して自慰をしていたのだが、まさか二度目は生乳房を思い出ししごくことになるとは、思ってもいなかった。

(昼間、抜いてなかったら、沼田さんのあそこで押し潰された瞬間に出ちゃってただろうな。それにしても、自分だって処女のくせによくあんな大胆になれるよ。『自分の勇気のなさを私のせいにしないでよ。絶好のチャンスを逃したことを後悔しながら寝なさい』か。悔しいけど、そのとおりだよな。あのとき、少しだけ勇気を出して抱き締めていたら、もしかして……)

美少女との初体験が実現していたかもしれない。だが、童貞の悲しさ。物わかりのよさを装っただけの勇気のなさのために、絶好のチャンスはスルリと手の中をすり抜け、消え去ってしまった。

(でも、あんな自分勝手なことをされても、沼田さんのこと、まったく嫌いになれないなんて、僕ってMっ気があるのか？　それとも、いつの間にか本当に沼田さんのこ

と を……)

明るく快活で、オマケに抜群のプロポーションのよさを誇る美少女。身近に接すれば接するほど、聖羅に惹《ひ》かれていく自分がいる。そのことを自覚した慎司は、さらに胸が苦しくなった。

(ほんと、人の気も知らないで……。美枝子さんには申し訳ないけど、これからは毎日、沼田さん、聖羅の身体でいやらしいことをいっぱい想像してやるからな)

負け惜しみの感情でなんとか溜飲をさげようとしていると、再び部屋のドアがノックされた。

(あぁ、今度はなんだよ!)

「はい」

自然と素っ気ない声での対応となってしまう。

「夜分に申し訳ありません。美枝子ですが、いま、よろしいでしょうか」

(えっ!? 美枝子さん?)

てっきり聖羅だとばかり思っていただけにビックリしながらも、慎司は慌ててベッドから起きあがると、部屋の電気を点け、扉を開けた。

「お待たせしました。どうしたんですか? こんな時間に」

ふだん、慎司の部屋を訪れる際は、入浴後でもパジャマから着替えをしていた美枝子だが、この日はそのままの姿であった。そのことにも少し驚く。

「お部屋に入ってもよろしいでしょうか」

「え、ええ、どうぞ」

「失礼いたします」

慎司が頷きドアを大きく開けると、美枝子は一礼してから部屋へと入ってきた。

「あの、それで、なにか？」

「先ほど、娘がこちらを訪れていたと思います」

「えっ！　えっ、ええ、確かに。でも、僕と聖羅さんは別になにもやましいことは」

他意があっての言葉ではないと思いつつ、慎司はドキッとしてしまった。なにせ、その聖羅の身体を思い浮かべ、ペニスを握った直後だけになおさらだ。

「はい、それは。あの子の誘惑に耐えてくださったこと、手を出さずにいてくださったことは、わかっています」

(まさか、沼田さんとの会話を聞かれてた？　っていうか、覗かれてた？)

「あっ、いや、そ、それは……」

喉が干からびたかのように、かさついた言葉が口をつく。しかし脳内では、パンティ一枚だけとなった美少女のピチピチとした肉体と甘い体臭が思い出され、ペニスが急速に鎌首をもたげてしまった。

「あの、それで、私とエッチがしたいっていうのは、本当でしょうか？」

「えっ!?　いや、それは……」

突然の問いかけに、まじまじと美枝子を見つめてしまった。こんなことを言うのはさすがに恥ずかしいのだろう、熟女の頬がうっすらと赤らんでいる。

「娘がいろいろとご迷惑をおかけしてしまっておりますし、こんな私の身体でよろしければ、慎司さんのご自由に……」

「いやいや、な、なに言ってるんですか。そんなの、ダメに、許されないに、決まってるじゃないですか。そんな美枝子さんだけじゃなく、聖羅さんまで傷つけてしまうこと、できるわけありませんよ」

（おいおい、沼田さん！　願いに反して、美枝子さん、お母さんのこと、追いつめちゃってるじゃないか）

本心では母親のことを深く想っている聖羅。昼間、それを聞かされていただけに、今回の美枝子の行動には複雑な思いにさせられてしまう。

「しかし、このままではいつか聖羅と……。ですから」

最初から覚悟を決めてここを訪れていたのだろう。熟女家政婦はそう言うと、パジャマの前ボタンに手をかけ、あっという間に上半身、裸になってしまった。タプタプと揺れながら姿を見せた砲弾状の双乳に、思春期少年の喉は盛大な音を立て、鎌首をもたげていたペニスが一気に完全勃起を取り戻してしまう。

「み、美枝子、さん……」

かすれた声で呼びかけるも、それ以上の言葉はつづかず、熟乳を揺らしながらパジャマズボンを脱ぐ美枝子を見つめていた。ムッチリとした下半身には、ベージュのパンティのみ残されている。

「このような見苦しい身体で、申し訳ありません」

「そ、そんなことは全然、まったく、ないです。と、とっても、ゴクッ、素敵です」

「ありがとうございます。さあ、手を……。好きなようになさってください」

上ずった慎司の言葉に少しだけ頬を緩めた熟女に導かれるように、右手を左乳房に重ねていった。ムニュッとてつもなく柔らかな乳肉の感触が、手のひらいっぱいに広がってくる。

「す、すっごい……。美枝子さんのオッパイ、やっぱりとんでもなく大きくって、柔らかくって、気持ちいい……。で、でも、本当に？」

久しぶりに触れた熟女の生乳房に、慎司は恍惚の表情を浮かべていた。ずっしりとした量感と、蕩《とろ》けるような揉み心地に天にも昇りそうな気持ちにさせられてしまう。

「ええ、慎司さんのしたいように」

「ああ、美枝子さん……」

目元を悩ましく細めた家政婦の囁きに、慎司の理性はあっさりと崩れ去った。ウットリと呟き、豊かな乳房に顔を埋《うず》めていく。顔全体が柔らかな乳肉に包まれ、ホッと落ち着く乳臭が聖羅の件で猛《たけ》りそうになっていた心を鎮めてくれる。

「あんッ、慎司さん」

「本当に気持ちいい、美枝子さんのオッパイに、ずっと甘えていられたらいいのに」

「いいんですよ、甘えてくださって。私の胸でよければ、これからはお好きなときにお好きなだけ」

顔面いっぱいに幸せな感触を楽しんでいた慎司は、熟女の甘い囁きにゾクリと腰を揺らせると、右乳房の頂上にある焦げ茶色の突起を口に含んだ。チュパッ、チュパッと音を立て、乳首を吸っていく。

「はンッ、あぅ、はぁン、あぁ、慎司、さん……。さあ、脱いでください。そうすれば、すぐに私が、慎司さんのこれを……」

悩ましく腰をくねらせる美枝子の右手が、パジャマズボンの上からペニスを妖しく撫であげてきた。

「くはッ、あぁ、み、美枝子、さン」

乳首を解放した慎司の口から、愉悦のうめきがこぼれ落ちる。すでにこの日は二度の射精を経験していたが、女性のほっそりとした指先で刺激を受けては、あっという間に射精感が迫りあがってきてしまう。

「下は私がお脱がせしますので、上はご自身で……」

頬を赤く染めた熟女はそう言うと、すっとしゃがみこんだ。そのままパジャマズボンとボクサーブリーフの縁をいっぺんに摑むと、前面を浮かし気味にしつつ、ズイッと引きおろしてくる。その瞬間、ぶんっと唸《うな》りをあげながら、完全勃起の屹立が姿をあらわした。

「あんッ、すっごい、もう、こんなにパンパンに……。とってもいやらしい匂いがしています」

「す、すみません」

カッと顔面が熱くなるのを感じながら、慎司はその場で足踏みをするようにして、ズボンと下着を取り払うと、パジャマの上衣を脱ぎ捨てた。

（オナニーしたばっかりだから、最初からエッチな香り全開だな。沼田さんを想ってしたオナニーの残り香を、その母親の美枝子さんに嗅《か》がれるなんて、すっごくいけないことをしている感が強いよ）

聖羅の半裸とその感触を思い出して自慰をしてから間がないだけに、撒《ま》き散らす牡臭は最初から濃厚なものがあった。その香りは慎司自身もはっきりと感じ取れるほどであり、間近な距離で嗅ぐ羽目となった美枝子にはさぞかし強烈であろう。

「謝らないでください。慎司さんのオチ×チン、とっても逞しくて立派ですよ。私のような中年女性の裸でこんなにも興奮してくださったなんて、光栄です」

「そんな、美枝子さんはとってもお綺麗ですし、スタイルだって……。美枝子さんの裸を見たら、誰だってこうなります。だから、自分を卑下しないでくださいよ」

慎司は首を振り、美枝子が素敵な女性であることを訴えていた。

「ありがとうございます。そう言っていただけると、自信になります。あの、まずは一度、抜いて、それからのほうがいいでしょうか？」

「えっ、あっ、そ、そうですね。でも、僕、まずは美枝子さんのあそこが見たいです。見せてもらってもいいですか？」

「えっ、わ、私の、ですか？　きっと崩れてしまっていて、グロテスクになってしまっていると思いますけど、それでも……」

「僕、女の人のあそこ、見たことがないんです。お願いします」

明らかに困惑した顔の熟女家政婦に、慎司は頭をさげていた。

「そんな、やめてください。わかりました。私のでよろしければ」

慎司が頭をさげたことに慌てた様子になり、美枝子は小さく息をつくと立ちあがってきた。恥ずかしそうに頬を染め、ベージュのパンティを脱ぎおろしていく。

砲弾状の膨らみがぶるんぶるんと揺れ、その眺めだけで慎司のペニスは小刻みに跳ねあがり、先走りを漏らしていた。

「あぁ、美枝子さん……」

ベージュの薄布を足首から抜き取り全裸となった美枝子に、感嘆の呟きが漏れる。

たっぷりと熟したたわわな膨らみに、聖羅のように深くはないが、それでもなめらかな括れが見て取れる腰回り。あらわとなった陰毛は娘と同じデルタ形でありながら、母親のほうが少し濃いようだ。そしてムチムチの太腿からの脚のラインは驚くほどに美しく、このあたりも聖羅に遺伝していることがわかる。

「いろいろと崩れてしまっていてお恥ずかしいので、あまり見ないでください」

まるで乙女のように恥ずかしげに身をくねらせるさまが、とてつもなく悩ましく見える。そのため、慎司も思わず切なそうに腰を揺らしてしまった。

「いえ、とっても、素敵です。あの、じゃあ、ベッドに座って、それで……」

「は、はい」

羞恥に頬を染めながらも、美枝子はベッドの縁に浅く腰をおろし、おずおずと両脚を開いてくれた。すかさず慎司はしゃがみこみ、開かれた脚の間を覗きこむ。

「こ、これが女の人の……。ゴクッ。とっても悩ましくって、全然グロテスクなんかじゃないですよ。それに、なんかエッチに濡れていて、鼻がムズムズしちゃうような匂いもしてる」

初めて目にした淫裂は、ぽってりと肉厚であったが陰唇のはみ出しはそれほどではない薄褐色をしており、グロテスクという印象はなかった。さらに漏れ出した蜜液で早くも光沢を帯び、甘さの中に少し酸味が混じった牝臭が鼻の奥を刺激してくる。

(オッパイ触っただけなのに、もうこんなに濡れちゃってるなんて……。沼田さんが言っていたとおり、旦那さんが亡くなってからは一度も……。だから、すっごく敏感になってるのかな)

熟女の肉体の思わぬ反応に、慎司は雨宿りした際の聖羅の言葉を思い返していた。

「あぁ、恥ずかしいので、そんなに覗きこまないでください。ヒャンッ、慎司さんの息がかかって、くすぐったい」

ムッチリとした熟女の内腿に両手を這わせ、さらに大きく開かせた慎司は引き寄せられるように女陰に顔を近づけていた。すると、鼻の奥を衝く香りが強くなり、触発されたように強張りが胴震いを起こしていく。

「あぁ、すごい……。ここから聖羅さんが産まれてきたなんて……」

「イヤ、娘のことは、聖羅のことはいまは……」

娘の名を耳にしたことで背徳感を覚えたのか、ヒップが一瞬ベッドから浮きあがるほど、美枝子の腰が大きく跳ねた。

「ごめんなさい、あの……。な、舐めてみても、いいですか？」

顔をさらに近づけ、唇を淫裂に突き出すようにしながら尋ねた。濃いめのヘアからも濃厚なオンナの香りが立ち昇っているのがわかる。

「そ、そんなことは……。私が慎司さんにご奉仕するべきです」

「じゃあ、あの、舐め合いっこ、シックスナインをさせてください」

戸惑いを浮かべた家政婦の言葉に、慎司はすぐさま方針転換を申し出た。

「そ、それでしたら……」

困惑はあるのだろうが、それでも美枝子は小さく頷いてくれた。そこで慎司は初めての女陰から顔を離し、立ちあがった。すると、熟女もいったんベッドから腰を浮かせてくる。

　お互いに上気した顔で頷き合い、まずは慎司がベッドに横たわった。「失礼します」と呟き、すぐさま美枝子もベッドにあがってくる。そのまま慎司の顔を跨ぐように立つと、ゆっくりと腰を落としこんできた。

「はぁ、すごいです。美枝子さんのあそこが、どんどん近づいてくる」

　まるで和式便所を使うときのようにしゃがみこんできたため、くぱっと淫唇が左右に開き、先ほどまでよりも濃い、膣内に籠《こ》もっていた牝臭が降りそそいできた。慎司は両手をムッチムチの太腿に這わせると、熟れ肌を撫でつけるようにしながら、ボリューム満点の豊臀へとのばした。なめらかな尻肉を撫でつけ、気持ちベッドから頭を浮かせると、間近に迫った秘唇にチュッとキスをした。

「はンッ！　慎司、さん……」

「あぁ、これが女の人の、美枝子さんのあそこの味なんですね」

　ピクッと腰を震わせた美枝子に恍惚の呟きを漏らした慎司は、女蜜に濡れたスリットにチュパッ、チュパッと舌を這わせた。香り同様に少し酸味を帯びた蜜液が舌先に躍る。

（すごいよ。本当に女の人のあそこ、舐めちゃってるよ。それも家政婦として働いてくれている人の、同級生のお母さんのあそこを……。でも、これって、沼田さんの思いどおりなんじゃ……）

同居をしているクラスメイトの美少女の顔が一瞬脳裏をよぎった。惹かれていると自覚している女の子。その母親の淫唇を味わっていることへの背徳感に、慎司の全身が大きく震えた。三度目の絶頂を欲するペニスは早くも小刻みな痙攣に見舞われ、濃度を増した先走りが次から次へと溢れ出してしまっている。

「はぁン、そんな、ダメです。私が、慎司さんを……。うぅンッ……」

妖しく腰をくねらせた家政婦が、鼻から悩ましいうめきを漏らしつつ、両膝をベッドにつき、そのまま上体を前へ、下腹部に張りつきそうな急角度でそそり立つペニスへと倒してくる。

直後、腹部にムニュッというとてつもない柔らかな感触が襲いかかった。美枝子の豊乳が慎司の腹部に密着し、柔らかくひしゃげたのだ。さらに、熟女の右手がギンギンにいきり立つペニスを握り、熱い吐息が濡れた亀頭に吹きかけられた。

「ンはぅ、あぁ、み、美枝子、さん……」

「あぁん、硬いです。慎司さんの、信じられないくらいに硬く、熱くなってます。すぐに私が、解放して差しあげますから、もうしばらく、我慢してください」

思わず淫裂から唇を離した慎司に、美枝子が甘い囁きを返してきた次の瞬間、張りつめた亀頭が柔らかく温かなものに包まれていった。

「くぉッ、あぅ、あっ、あぁぁぁぁぁぁ……」

言葉にならない悦びのうめきが、慎司の口からこぼれ落ちた。

（これって、亀頭が美枝子さんの口に……。あぁ、これはヤバイ。気を抜いたらその瞬間に……）

初めての快感に腰が勝手に揺れ動く。その間に、亀頭から肉竿までもが美枝子の口腔内に包みこまれた。熟女がすぐさま首を動かし、チュプッ、チュパッという摩擦音を立て、柔らかな唇でペニスがこすりあげられていく。

「うッ、あぁ、美枝子さん、す、すごい、こんなの、すぐに……」

断続的に腰が突きあがり、活発な動きを見せる精巣が欲望のエキスをせっせと生み出しているのが感覚的に伝わってくる。

「うむっ、うぅン……。むぅ、クチュッ、ヂュチュ……」

悩ましいうめきを漏らしつつ、美枝子の首が動きつづけ、さらには切なそうに熟女の腰が左右に振られていることにも気づいた。肉厚な秘唇がヒクヒクと蠢き、トロッとした淫蜜が滲み出して内腿に垂れ落ちてきている。

（そうだ、僕も美枝子さんのを……。舐めさせてほしいって頼んだのは僕なんだから、だったら、ちゃんと……）

迫りあがる射精感を懸命に押さえつけ、慎司は再び初めての女肉に舌を這わせた。

チュッ、チュパッ、クチュッ……。スリットに舌を這わせ、滲み出す女蜜を舐め取っていく。ツンッと鼻の奥をくすぐるクセのあるチーズ臭が、ペニスからの直接的な刺激と相まって、慎司の中の牡を刺激してくる。

（この鼻に抜ける香りと、舌先にピリッとくる味。クセがあるんだけど、でも、イヤな感じじゃないんだよな。それどこから、身体の奥からエッチな気持ちがどんどん湧きあがってくるみたいで、女の人の身体って不思議だなぁ）

「はうン、あぁ、慎司、さん……。そんなに舌、使わないでください。私、夫を亡くして以来、こういうこと初めてで。だから、はぁン……」

ヒップを悩ましくくねらせる美枝子が、愉悦に耐えかねたようにペニスを解放してきた。だが、強張りから快感が消えたわけではない。肉竿にはほっそりとした指が絡みつき、甘いこすりあげをつづけ、さらにはパンパンに張りつめて敏感になった亀頭にも吐息が吹きかけられていた。

（初めての僕が、本当に美枝子さんを感じさせられているなんて……。これはもっと気持ちよくなってもらわないと）

強い快感のお預けを食らった感じになっている慎司だが、熟女家政婦に悦びを与えられていることには、男としての自信が漲ってくる。そのため、両手で熟した豊臀を撫でまわしつつ、ぽってりとした秘唇に這わせた舌先を、不器用ながらもバイブレーションさせ、さらなる愉悦を与えようとしていった。

「あぁん、慎司さん、私も、負けずに……。うぅん、ちゃんと、慎司さん。はンッ、ダメです、そ、そこは、はぅ〜ン……」

美枝子の唇が再び亀頭先端とキスをした直後、熟女の腰が激しくバウンドした。その直前、慎司の舌が秘唇の合わせ目で存在を誇示する突起に触れたのだ。

「ンパッ、はぁ、ここ、ですか。美枝子さん、このポッチが、気持ちいいんですか」

予想外に大きな反応に驚きを感じながら、慎司はいったん秘唇から唇を離すと、ヒクヒクとしている淫裂の合わせ目で、ぷっくりと盛りあがったクリトリスを確認し、再度そこに舌をぶつけていった。今度は舌先をきっちりと尖らせ、充血し硬くなっている突起を嬲りまわしていく。

「はンッ、あぁ、ダメ、です。あんッ、はぁ、し、慎司さん。そんなに激しく、そこばかり悪戯されたら、私……。うぅン！」

ビクン、ビクンッと断続的に美枝子のヒップが跳ねあがっていた。それでも家政婦としてのプロ意識からか、パンパンに張りつめた亀頭が再び温かな口腔内に迎え入れられた。ヂュプッ、ヂュポッと卑猥な摩擦音を立てながら、強張りが唇にこすりあげられる。さらに、クリトリス攻撃への反撃とばかりに、熟女のぬめった舌が亀頭に絡みつき、口腔内でネットリと弄ばれていく。

「うむッ、ふぅン、うぅ……」

（あぁ、すっごい！　ダメだ、頭が真っ白になっちゃう。美枝子さんにも、もっと感じてもらいたいのに……）

美枝子の腰の震えに負けないほど激しく、慎司の腰が断続的に突きあがっていく。必死にやりすごしてきた絶頂感が、ついに限界を迎えようとしていた。

「ンぱぁ、あぁ、美枝子さん、ダメです。僕、もう、あっ、あぁぁぁぁ……」

もう刺激を与えるどころではなくなった慎司は、濡れた秘唇から唇を離すと、豊満な熟臀をガッチリと摑んで射精感を訴えた。

「ンぷっ、うむッ、チュパッ、チュパッ、クチュッ……」

追いうちをかけるように美枝子は舌を亀頭に絡ませ、鈴口周辺から裏のくぼみまでを小刻みに嬲りまわしてきた。

「あぁ、出るっ！　ほんとに、僕、くぅ、出ッるぅぅぅぅぅッ！」

その瞬間、慎司の頭が真っ白になった。腰には絶頂痙攣が襲い、我慢に我慢を重ねた白濁液が、一気に熟女の喉奥に向かって迸り出ていく。

「ンぐっ！　むぅン、うぅ……。コクッ、コク、コクン、うぅン……」

「あぁ、美枝子さん、ごめんなさい。でも、僕まだ……。もっと、出ちゃいます」

苦しげなうめきをあげつつもペニスを解放することなく、吐き出された欲望のエキスを嚥下《えんげ》してくれている美枝子に、慎司は謝罪の言葉を口にしながらも、さらなる精液を噴きあげていった。

4

「すみませんでした、美枝子さん。あんなにいっぱいお口に……」

放たれたすべての精液を嚥下し、ペニスを解放した美枝子に、慎司は興奮に上気した顔で謝った。この日三度目とは思えないほど大量の白濁液を家政婦の口腔内に放った慎司は、腰が抜けベッドから起きあがることができない状態になっていた。

「いえ、いいんですよ。あんなにいっぱい感じてくださって、私も嬉しいです。それに、私のあそこまで、あんなに舐めていただいて……」

ふだんの柔和な表情とはまるで違う、蕩けたオンナの表情を晒す美枝子がはにかむような笑みを浮かべた。しかしその笑みは、艶然《えんぜん》とした悩ましさがあり、放出直後の淫茎が一気に硬度を取り戻してしまう。

「そんな、あの、中途半端なことして、すみませんでした。本当はもっと美枝子さんにも……」

「そんなことはないです。夫を亡くして以来、あんなことは本当に初めてで、恥ずかしいほどに感じてしまいました。それに、まだ……」

美枝子の視線が慎司の下腹部に向けられた。精液と唾液でネットリと濡れ、卑猥な光沢と性臭を放つペニスが、早く経験させろと急《せ》かすように偉容《いよう》を見せつけている。

「あの、いまさらですけど、ほ、本当に、いいんですか？」

「慎司さんこそ、私のような中年女性が初めてのお相手でもよろしいのですか？」

「ぼ、僕は、大歓迎です。美枝子さんみたいに、優しくて、綺麗な女の人に教えてもらえるなんて、最高だと思っています」

逆に質問で返された慎司は、素直な気持ちをまっすぐにぶつけていった。

勇気のなさで失った聖羅との初体験。実現できていれば、あれはあれで最高だったであろうが、大人の女性に優しく導いてもらうというのは、童貞少年のロマンでもあるだけに、こちらのほうが正解ルートだったのだろうという気もしていた。

「まぁ、慎司さんったらお上手ですね。そんなふうに言われてしまっては、女としてお断りなんてできません」

艶めいた微笑みを浮かべた美枝子はそう言うと、慎司の腰を跨いできた。

「あぁ、美枝子さん……」

グラマラスで見事な裸体を見上げ、ウットリした声が自然と漏れる。

少し身体を動かすだけで悩ましく揺れる豊乳。熟女の包容力を見せつけるかのような腰回りと濃いめの陰毛。そしてなにより性感を刺激する薄褐色の肉厚な淫唇。漏れ出した蜜液と慎司の唾液でしとどに濡れ、物欲しげにヒクついている様子だけで、呼吸が一気に乱れ心臓がその鼓動を速めてしまう。

「それでは、失礼いたします……」

悩ましく火照った顔に恥じらいを覗かせつつ、美枝子がゆっくりと腰を落としてきた。くぱっと口を開けた秘唇がペニスに近づく。ゴクッと慎司が生唾を飲んだ直後、熟女の右手がいきり立つ強張りを掴み、挿入しやすいよう垂直に押し立ててきた。

「くっ、あぁ……。美枝子、さンッ」

ほっそりとした指に勃起を摑まれただけで背筋が震え、ペニスもビクンッと跳ねあがる。愉悦に顔を歪めながら、それでも慎司の両手は自然と美枝子の双乳へとのびていった。手のひらからこぼれ落ちる豊かな肉房の、得も言われぬ柔らかさが伝わり、恍惚感がさらに増していく。

「あんッ、慎司さん。いいんですよ、私の身体でよければ、好きなところを、好きなだけ。もちろん、こちらも……」

悩ましく眉根を寄せた美枝子の腰がさらに落とされた。ンチュッという接触音をともなって、亀頭先端が濡れたスリットとキスをする。

「ンほっ、あぁ、す、すごい！　本当に僕のが美枝子さんのあそこと、触れ合ってる。くはッ、くっ、ダメ、そんな、こすられたら、また、我慢できなくなっちゃう」

「出したくなったら、我慢しないでください。今夜は何度でも、私が……」

膣口を探るように腰を小さく前後に動かしながら、美枝子が凄艶《せいえん》な微笑を送ってきた。慎司は背筋をゾクゾクッとさせつつ、こみあげる射精感を必死に押さえつけた。

その直後、ンヂュッと粘つく音を立て、亀頭先端が膣口を開いた。

「み、美枝子さん」

「いいですか、いきますよ。慎司さんの初めて、ちょうだいします」

次の瞬間、家政婦の豊臀が一気に落とされた。グヂュッとくぐもった蜜音を立て、強張りが一気に肉洞に呑みこまれていく。

「くほぅ、あぅ、あっ、あぁぁぁぁ……」

言葉にならないうめきが、慎司の口からこぼれ落ちた。

（す、すっごい……。これが女の人の、美枝子さんのあそこの中。こんなに温かくて、キュンキュンしてるなんて……。気持ちよすぎて、こんなのすぐ出ちゃうよ！）

締まり自体はけっして強いものではなかった。それよりは、ペニスが優しく包みこまれている感が強い。しかし、甘い包容力の一方、膣襞の蠢きはさほど甘くはなく、挿入直後の強張りに絡みつき、妖しい蠕動を繰り返していた。

「あぁ～ン、おっ、大きい……。慎司さんの立派なモノで、私の膣中、いっぱいにされちゃってます」

十年ぶりに迎え入れたペニスは、ギチギチに漲った十代少年のモノであった。それだけに、膣内に感じる充実感をとてつもなく強く感じる。

（私、本当に慎司さんのモノを……。雇い主の息子さんの、娘の同級生の初めてを奪ってしまったんだわ。あぁ、旦那さま、奥さま、申し訳ありません。大切なご子息の初めてを、私のような者が……）

仕えるべき少年の強張りを胎内《たいない》に迎え入れた背徳に、美枝子の性感が激しく揺さぶられた。美枝子のことを信用し、雇ってくれている慎司の両親への明らかな裏切り行為。それは同時に、亡き夫や二階の和室でなにも知らずに眠っている娘への裏切りでもあった。

（あなた、聖羅、本当にごめんなさい……）

心の中で二人に頭をさげる。しかし、そんな後ろめたさとは裏腹に、十年間も快感から遠ざかっていた女盛りの肉体は敏感な反応を見せ、肉洞を埋める少年のペニスを逃すまいと、一気にまとわりついていった。

「くっ、あぁ、美枝子さん、す、すっごく、気持ちいいです。はぁ、僕、またすぐに出ちゃいそうですよ」

たっぷりと熟した豊乳に指を食いこませた慎司が、悶《もだ》え顔を晒して見上げてくる。

「いいんですよ、出して。初めてなんですから、我慢しようなんてなさらず、出したくなったら遠慮なく、このまま……」

美枝子はそう言うとゆっくりと腰を上下に動かしはじめた。グチュッ、ズチュッと粘つく摩擦音を奏でながら、逞しい肉槍が肉洞を往復していく。張りつめた亀頭で膣襞をこすりあげられると、それだけで脳天に痺れるような愉悦が駆け抜けていく。

「くっ、うぅ、美枝子、さん……。ほんとに、このまま、膣中に？」

「ええ、いまは大丈夫な時期ですから、どうか、遠慮なさらずに、慎司さんのタイミングで……。はンッ、お出しください」

（あぁ、ごめんなさい、あなた。あなた以外の男性の精液を、聖羅の同級生の男の子のモノを、受け入れる私を許して）

妊娠の危険が少ないとはいえ、亡夫以外の白濁液を直接子宮に受けることには戸惑いもある。だが、それすらも熟女の性感は悦楽へと転換させ、キュンキュンッと肉洞を収縮させてしまった。

「うっ、あぁ、ほんとにすっごい。美枝子さんの膣中のウネウネが、僕のをこすりあげてきてる。これが、セックスなんですね」

感に堪《た》えないといった表情を浮かべた慎司は、牡の本能がそうさせるのか、ぎこちなくではあったが、下から腰を突きあげてきた。自分の律動ペースとは別にズン、ズンッと突かれると、めくるめく淫悦が脳を震わせ、視界が妖しく揺らめいていく。

「はぁン、そうです。これが、セックスです。こうして、逞しいオチ×チンを使って

「いっしょですよ。僕だけじゃなく、美枝子さんもいっしょに……。僕、頑張りますから、だから、美枝子さんも……」

快感に顔を歪めながらも健気《けなげ》に言ってくる慎司に、美枝子の母性がギュッと鷲掴みされてしまった。背筋がぶるりと震え、キュッと肉洞が締めつけを強めてしまう。

（あぁん、ダメ、こんな素直な態度を見せられたら、私、家政婦としての立場を忘れて一人のオンナとして、慎司さんとのセックスに溺れてしまう）

「あぁん、慎司さん。私のことも考えてくださっているなんて、嬉しいです。では、いっしょに、二人で気持ちよくなりましょう」

「おぉ、締まる。美枝子さんのあそこがいま、キュッて……」

「それは、慎司さんのが素敵だからです。だから、私のあそこがはしたなく悦んでしまって」

興奮に上気した顔で見つめ合い、美枝子は腰の動きを速めていた。卑猥な性交音がさらに大きくなり、脳天に突き抜ける淫悦が倍加していく。

「くぅっ、す、すっごい……。はぁ、僕、美枝子さんが家政婦として来てくれて、ああ、初めての相手になってくれて、本当に嬉しいです。ありがとうございます！」

「あんッ、ズルいです。いま、そんなこと言われたら私……。でも、私も、うンッ、思いは同じです。初めての家政婦で至らぬ点もある私を、はンッ、娘ともども受け入れてくださって、感謝しています。あぅンッ、すっごい。慎司さんのが、私の膣中でさらに大きくなって……」

美枝子の言葉への返事かのように、膣内を満たすペニスがグゲッとさらに膨張した。絡みつこうとする熟襞を圧しやる勢いの逞しさに、快楽中枢が揺さぶられる。

「だって、美枝子さんが聖羅さんのことを……。あぁ、僕、いま、聖羅さんのお母さんとエッチしてるんだ、くッ、聖羅さんが産まれた場所で気持ちよくしてもらってるんだと思ったら、はぁ……」

「ダメ、聖羅のことは言わないでください。そんなこと言われたら、私も……」

ゾワッとした背徳感がいっそうこみあげ、肉洞がこの日一番の締めつけをみせた。

「うほッ、し、締まる……。はぁ、もう本当に出ちゃいそう……」

「いいんですよ、出して。慎司さんの熱いミルク、私の胎内に注ぎこんでください」

「でも、最後は僕、美枝子さんのオッパイに甘えながら……。くっ、出したいです」

ベッドをギシギシときしませながら腰を突きあげてくる少年が、両手で揉みこむ豊乳の頂上で硬化している乳首を挟みこみ、クニクニッと指の腹で転がしてきた。膣襞からの鋭い喜悦に負けないほどの悦びが脳天に突き抜け、美枝子は思わず天を仰いでしまった。

「はぁンッ、うぅ、ご自由に。さあ、私のお乳、好きなだけ吸ってください」

律動を弱めた美枝子は、そのまま上体を慎司に向かって倒していった。両手を少年の顔の横につくと、男子高校生は頭を少しだけ持ちあげるようにして、右乳首をパクンッと咥えこんできた。右手で左乳房を捏ねまわしつつ、右のポッチをチュパッ、チュパッと吸いあげてくる。

「あぁん、いい、慎司さんにお乳吸われると私も、とっても気持ちいいです」

尖った乳頭から伝わる愉悦に目を細め、美枝子は再び腰を振りはじめた。先ほどまでと比べ浅い律動幅であったが、新たな快感が熟女の性感を揺さぶっていた。

(あんッ、すっごい、腰を動かすたびに、慎司さんのあそこの毛が私のクリに……。ダメ、チクチクした刺激が切なさを掻き立ててきてる)

「うわっ、す、すっごい、美枝子さんの膣中がいちだんとキュンッってしてきて、はぁ、ダメだ、出る！　ごめんなさい美枝子さん、僕、もう限界です！」

乳首を解放した慎司はそう言うと、欲望のままにメチャクチャに腰を突きあげ、次の瞬間、熱い迸りを子宮に叩きつけてきた。

「はンッ！　キテル……。慎司さんの熱いのが、私の膣奥に、あぁん、すっごい量。私、こんなに大量の精液を注ぎこまれたの、初めてですぅ！」

「す、すっごい、まだ、出る。こんなに一日に何度も大量に出したの、初めてだ」

ビクンビクンッと断続的に腰を突きあげ、膣内に欲望を吐き出しつづける慎司が、完全に蕩けきった無防備な顔で見つめてきた。その表情にすら、熟女の胸がキュンッと震えてしまう。

「溜まっているモノは全部、私の膣中に出して、スッキリしてください」

胎内に勢いよく広がっていく温かな感触に、残念ながら絶頂は迎えられなかったものの、美枝子は不思議な満足感に包まれた。

「あぁ、美枝子さん、最高でした……。素敵な初体験をありがとうございました」

すべての精を吐き出したのか、ぶるっと全身を震わせた慎司が、両手を美枝子の背中に這わせ、グイッと抱き寄せるようにしてきた。砲弾状のスライム乳が少年の胸板にひしゃげていく。その感触に、熟女も腰を震わせてしまった。

「ご満足いただけて、なによりです。私も久しぶりに素敵な経験をさせていただきました。ありがとうございます。これからも、なんなりとお申し付けください」

(あぁ、旦那さま、奥さま、本当に申し訳ありませんでした。今後はよりいっそう、

慎司さんに誠心誠意お仕えいたしますので、何卒お許しください）

凄艶な笑みを浮かべた美枝子は、海外で暮らす慎司の両親に改めて誓うと、ウットリ顔の少年に求められるまま、唇を重ね合わせていくのであった。

第三章　ツンデレ処女と濃厚エッチ

1

「いやぁ、来てよかったなぁ。俺、自分の勇気に感動した」

青木は更衣室からこちらに向かってくる女子生徒の姿に、早くも顔をにやけさせていた。

中間テスト終了後、最初の土曜日。慎司はクラスメイトと屋内プールがあるレジャー施設へと来ていた。いっしょに来ているのは、青木と渡辺に聖羅。そして、聖羅の友人で同じくクラスメイトの、守谷《もりや》珠樹《たまき》と沢田《さわだ》美雪《みゆき》の合計六名である。

テストが終わった翌日の昼休み、いつものように教室前方の席で昼食を摂っていると、青木が突然「プールに行こう」と言いだした。慎司と渡辺がＯＫするや、青木は教室後方で弁当を食べていた女子三人のところへ出向き、了承を取りつけてきたのだ。

「ねえ、私の水着姿、楽しみ？」

プールに行くことが決まった日の夜、夕食をともにしたときに、聖羅が魅惑の微笑みを浮かべながらそんな質問をしてきた。ゴールデンウィーク開け以降、慎司は美枝子と聖羅の母娘と、いっしょに食事をすることが多くなっていた。

別荘から戻ってからは、毎週金曜日に美枝子と関係を持つことで話がついていた。というのも、慎司の剣道部は、火・水・木が活動日であるのに対し、聖羅のラクロス部は火・水・金であり、聖羅よりも確実に慎司が先に帰宅するのが金曜日だけであったため、美少女に隠れて関係を持つにはその日しかなかったのである。

ただ、別荘から戻ったその週の金曜日がテスト一週間前であり、部活動が全面禁止となったため、いまだ二度目のセックスはお預けであった。オマケに今週の金曜日は剣道部も臨時稽古が予定され、お預け期間はさらに長くなるという悲劇つきだ。そのため、毎日の欲望は以前と変わらず自慰で発散するしかないのが実情である。

「う～ん、沼田さんより、沢田さんのほうが楽しみかな」

「なによそれ、谷本くんって、私より美雪派なんだ」

「なにそれ？　女子ってそんな派閥あるの？」

頬を膨らませる聖羅に、慎司はキョトンとした顔をしてしまった。

「はぁ？　誰が好みかっていう派閥分けしているの、男子でしょう。谷本くんって、そういうの無頓着だよね。青木くんは私派みたいだけど」

「悪かったな。けど、まあ、沼田さんの水着姿も楽しみにしているよ」

小悪魔な微笑を浮かべた聖羅に胸をキュンッとさせられながら、慎司は心の動揺を隠すよう、素っ気なく答えたのであった。


「お待たせ」

「いや、全然待ってないよ。三人とも、すっごく似合ってるよ！」

聖羅の言葉に、青木が嬉々として答えている。慎司と渡辺は顔を見合わせ苦笑すると、邪魔しないように一歩さがった位置でやり取りを見ていた。

「聖羅と美雪は、ほんとスタイルいいから、ビキニも似合うよね」

水泳部に所属するショートヘアの珠樹が、友人二人の姿に感心したように言う。

聖羅は紺地に白い水玉のビキニ、美雪はピンクのフリル付きビキニであった。ラクロス部の聖羅はもちろん、ダンス部に所属している美雪もメリハリの利いた素晴らしいプロポーションをしている。

聖羅はピンキーブラウンの艶髪をお団子状にまとめており、美雪もミディアムショートの黒髪をあげていたため、ほつれ毛が躍るうなじも丸見えであった。

「でも、一番水着姿がシックリきているのって、珠樹じゃない」

「やっぱり、着慣れているって感じするよね」

聖羅と美雪はそう言うと、スレンダーボディをワンピースタイプの水着に包む友人を見て頷き合っている。

「いやいや、三人とも本当に最高だから。なっ、谷本、渡辺」

「あぁ、そうだな。三人とも、よく似合っているよ」

「ありがとう。谷本くんがそう言ってくれると嬉しいな」

慎司の言葉に美雪がにっこりと微笑む。美形だが少し険《けん》のある顔つきをしている美雪。しかし、笑うと年頃の少女らしい愛らしさが滲みドキッとしてしまう。

「ちょっと待て。その前に俺、褒めてるけど」

「う〜ん、青木くんの言葉はなんか、軽いんだよね」

「そ、そんな……」

美雪のストレートな返事に、青木はガーンッという顔をし、笑いを誘った。

「渡辺くんはバスケットボール部だから、スポーツマンタイプの身体つきだろうなと思ってたけど、谷本くんもけっこう筋肉質な身体してるんだね」

「剣道部だし、それなりに鍛えてるんじゃない」

珠樹の言葉に、聖羅が悪戯っぽい目で見つめてきた。その眼差しに思わず胸が締めつけられてしまう。

「ちょ、ちょっと、待って。俺は？　そこでものけ者？」

「だって青木くん、帰宅部でしょう。褒めてほしかったら、この二人みたいに運動部に入って鍛えればいいじゃない」

今度は珠樹からの正論に、青木はガクンッと頭を垂れた。

「まあ、そんなことより、準備運動して、泳ごうぜ」

手をパチンッと合わせた渡辺のかけ声に、みないっせいに頷くのであった。

「谷本、くれぐれも沼田さんに変なことするなよ」

「お前じゃあるまいし、そんなことするか」

ひととおり泳ぎを楽しみ、昼食を挟んでから六人はウォータースライダーへと移動してきていた。一人でも楽しめるが、二人一組となってすべるのがメインであり、当然のように男女で組むことにしたのだが、男女に分かれて行ったあみだくじの結果、慎司は聖羅とのペアとなっていたのだ。

大きな浮き輪にまず慎司が足を広げて座り、広げた脚の間に身体を入れる形で、聖羅が浮き輪に腰をおろしてくる。係員の指示に従い、浮き輪についている取っ手をそれぞれ摑む。

「どさくさ紛《まぎ》れに変なところ触ったら許さないからね！」

「ハハ、そんな悪趣味じゃないよ」

「はーい、それでは、いってらっしゃい」

係員は明るい声でそう言うと、浮き輪をスライダーへと推《お》し進めた。直後、水流で一気に押し流され、カラフルなパイプの内側をすべり落ちていく。

「キャッーーーッ！」

「うわっ、すっげぇ！　けっこう速い」

聖羅の悲鳴を聞きつつ、慎司は想像以上のスピードに、取っ手を摑む手に力をこめていた。スライダーは左右にうねるように敷設《ふせつ》されているため、浮き輪がパイプ内を大きく振られていく。さらに、外が見えないため、スピード感が摑みづらく、体感的にはかなり速く感じてしまうのだ。

ただ全長はさほどではなく百数十メートルのため、すぐに出口が口を開けているのが見えた。直後、勢いよく浮き輪が宙に投げ出されドボーンッとプールに落下、その衝撃で慎司と聖羅は水中に身体を沈めることとなった。

「ぷはー、ふぅ、けっこう勢いがすごかッ、えっ!? ぬ、沼田さん、ビキニ！」

水から顔をあげ、両手で髪の毛を撫でつけた慎司は聖羅を見た瞬間、ドキッとしてしまった。慌てて小声で注意する。

「えっ？ キャッ！」

一瞬不思議そうな顔をした聖羅だが、自らの胸元を見てハッとした。なんとビキニトップがズレ、豊かなお椀形の膨らみが露出してしまっていたのである。周囲にさっと目を走らせ、慌てて水着のズレを直すと、たわわな膨らみを隠していく。

「エッチ！」

「どう考えてもいまのは不可抗力だろう。というか、僕が指摘しなかったら、ほかの奴にも見られていたと思うんだが……」

「言ったら怒るからね」

「言わないよ。そんなこと言ったら青木に殺されそうだわ」

頬を膨らませ睨んでくる聖羅に、冗談交じりに返していると、ドボーンッと青木と美雪を乗せた浮き輪がプールに落下してきた。すぐに美雪の胸元を見たが、こちらは残念ながら、しっかりと水着に守られた状態であった。

「変態」

美雪の胸元を見ていたことがバレたらしく、すっと身を寄せてきた聖羅が、不機嫌そうにぼそっと呟いた。

「悪かったな。でも、久しぶりに沼田さんの大きな胸が見られたから大満足だよ」

「バカ！」

聖羅の耳元に囁き返した瞬間、美少女の頬が一気に赤くなり、ぷいっと横を向いてしまった。

「いやぁ、思った以上にすごかったな。んっ？どうかしたのか？」

「いや、どうもしないよ。それより、外が見えないから、スピード感がわからなくて、いっそう速く感じるよな」

美雪とともにこちらにやってきた青木が、チラッと聖羅を見て首を傾《かし》げた。それに対して、慎司はなんでもないと首を横に振る。聖羅も特段の反応を示さなかった。その直後、渡辺と珠樹を乗せた浮き輪がプールへ落下してきたのであった。

「このプール、けっこう流れ、速くない」

「確かにふわっと身体が持っていかれる感覚があるね」

ウォータースライダーを楽しんだあと、少し休憩をして流れるプールへと移動していた。流れに乗るように六人で固まっているのだが、プールの中央付近にいる美雪と慎司が、ほかの四人より少し速く進んでいる。

「もう少しこっちに寄ったほうがいいんじゃないか」

渡辺の言葉に、慎司が強めのキックで流れに逆らい、聖羅たちのほうへと近づいてきた。

「谷本くん、ごめん」

美雪がのばした手を慎司がしっかりと握り、こちら側にグイッと引き寄せる。すると、美雪はわざとらしく慎司の胸にしな垂れかかり、形のいい胸の膨らみをグイッと押しつけていった。水の中でもその感触は伝わったのか、少年がクラスメイトの胸元に視線を送ったのを見た聖羅の心中が波立っていく。

(まさか美雪、本気で谷本くんを……)

午前中、更衣室から男子三人が待つプールへ向かう途中の会話が思い出される。

「ねえ、聖羅は今日の三人の中だと、誰狙い？」

「えっ？　なにそれ？」

美雪の言葉に、聖羅は一瞬、慎司の顔を脳裏に浮かべつつ、小首を傾げた。

「わかってるくせに。珠樹は渡辺くんだよね」

「まあね、好きなんだよね、背の高いスポーツマン。そういう美雪は？」

「谷本くんかな」

「えっ？」

「おぉ、見事にバッティングか」

美雪の言葉に驚きをあらわにした聖羅に、珠樹が面白そうに茶々を入れてくる。

「ええ、聖羅も谷本くん狙いだったんだ。う～ん、これは強力なライバルね」

美雪が聖羅の水着姿に視線を走らせ、不敵な笑みを浮かべた。

美雪はダンスで鍛えているからか、腰回りはうっすらと腹筋の割れが見え、聖羅よりもよほど括れていた。胸の大きさでは、聖羅のほうが勝っているが、美雪も形のいい、なかなか豊かな膨らみを有している。今日のピンクのフリル付きビキニも、フェミニンでありながらスタイルのよさを惜しげもなく晒すチョイスであり、己の肉体に自信を持っていることを、聖羅は同性として見抜いていた。

「べ、別に私は……」

「う〜ん、となると、青木くんは見事失恋か」

珠樹が聖羅に気のある青木の名を出し、ご愁傷《しゅうしょう》様といった表情を浮かべた。

「でも、なんで、谷本くんなの？　美雪って彼氏、いるよね？」

「いるよ。でもさ、最近なんか冷めてきててさ。谷本くんみたいなタイプもいいかなって、思いはじめてるのよね。聖羅はなんで、谷本くん？」

「だから、私は別に……」

美雪の問いかけに、なんと答えていいのかわからず、はぐらかしていく。

(彼に惹かれているのは間違いないけど、説明しにくいのよね)

同じ家に住んでおり、ゴールデンウィークもともにすごしていただけに、学校以外の慎司を知る機会を持つ聖羅としては、いろいろと言えないことが多かった。

(それに、私が仕組んだことだけど、本当にお母さんとエッチしちゃうし……。はぁ、あのときそのまま勢いに乗ってエッチしちゃえばよかったかな。そうすれば、もっと私のこと、気にかけてくれたかもしれないし……)

慎司と母が肉体関係を持ったことを聖羅は知っていた。というより、わざと慎司に裸体を晒して迫る場面を美枝子に覗かせ、熟母をその気にさせていたのだ。上手くいく保障などなにもなかったが、結果としておそろしいほどトントン拍子に事が進み、惹かれはじめている男の子の童貞が実母によって奪われる場面を、悔しさを覚えながら覗き見ていたのである。

母にはいつまでもオンナとしての輝きを保っていてほしいと願う一方、慎司が美枝子にのめりこみ、聖羅が入りこむ隙間がなくなることをおそれる気持ちもあった。

(谷本くんは本当は私のこと、どう思ってるんだろう？)

確かめたい思いと、拒絶される恐怖、双方が聖羅の中でせめぎ合っていたのだ。

「隠さない、隠さない。聖羅が教室でチラチラと谷本くんのほうを見てるの、知ってるんだから」

「えっ！　そうなの？」

珠樹の思わぬ発言に、美雪が食いつく。二人の視線が、同時にこちらを捉えた。

「い、いいでしょう、別に！」

「おっ、開き直った」

「じゃあ、どっちが彼を落としても、恨みっこなしってことでいこう」

ぷいっと顔を横に向けた聖羅に、珠樹がからかいの言葉を口にし、美雪はサバサバとした口調で会話を締め、水着姿で待つ男子三人と合流したのであった。

「おっ、美雪、大胆」

「違う、違う、これはほんとに真ん中あたりは流れが強くて、それでよ」

珠樹の言葉に、美雪は首を左右に振りつつもチラッと聖羅に視線を送ってきた。

(絶対にわざとじゃない。谷本くんも谷本くんよ。私の生のオッパイの感触、知っているくせに。私より胸の小さい美雪に鼻の下をのばす必要ないじゃない!)

「谷本、お前、なんて役得を……」

「役得って、立ち位置の違いだろう。青木がこっちにいたら、逆だったわけだし」

「えぇ、青木くんって聖羅目当てじゃなかったの?」

「えっ? もしかしていま私、振られた?」

青木と慎司のやり取りに、さらに燃料投下をした珠樹。心のざわつきを抑えながら、聖羅もおどけた様子を見せ、青木の腕にそっと腕を絡めていく。

「そ、そそそ、そんなこと、ないよ」

とたんに青木の挙動がおかしくなり、ほかのメンバーがドッと笑った。しかし、慎司だけは一瞬眉をひそませ、なんとも苦しげな表情を浮かべたのを、聖羅はしっかりと見ていた。

(少しは私が感じた悔しさ、わかった?)

気になる少年が一瞬だけ見せた顔に溜飲をさげながら、聖羅は慎司に視線を向けたまま、一度だけギュッと青木の腕に胸を押しつけたのであった。

2

(絶対にあれ、わざとだよな。じゃなかったら、あんなふうに青木の腕に胸を押しつける必要、まったくなかったわけだし)

レジャー施設からの帰り、午後五時すぎに大きなターミナル駅でクラスメイトと別れた慎司は、一人で大型書店の参考書売り場に立っていた。

苦手な数学の参考書を手に取ったものの、数時間前の流れるプールでの一件が脳裏から離れない。美雪を引き寄せた際、その胸が偶然、慎司の胸板に当たってきたのだが、それを当てこするように、聖羅が青木の腕に腕を絡めたのである。

(別に僕は沼田さんの彼氏でもなんでもないけど、でもなぁ……)

聖羅の豊かな双乳の感触は慎司も味わったことがある。それを友人も感じたのかと思うと、妙にザラッとした気持ちが沸き起こってきてしまう。

(沼田さんはもう電車に乗ったかな？　それとも、女子三人でどこかでお茶でもしているのかも)

青木は私鉄、渡辺は地下鉄乗り場へとそれぞれ向かったのだが、珠樹と美雪は慎司や聖羅と同じJRであった。聖羅と同じ方向の電車に乗るところを見られても問題はないが、ワケありで同じ家に住んでいるだけに、なんとなくいっしょの電車に乗ることは避けるようにしている。実際この日の朝も、慎司のほうが電車一、二本分、先に家を出ていたのだ。そのため慎司は、「書店に寄る」と言って三人と別れていた。

(美枝子さんとあんな関係になってしまっているっていうのに、なんでこんなに沼田さんのこと、気になってるんだ……)

家政婦の熟した肉体で、欲望を発散させてもらえる機会を今後も得られるというのに、その娘である同級生の存在が大きく心を占めてくる。そのため、二次関数に関する説明文に目を落としているのに、内容がまったく入ってこなかった。

「はぁ……」

小さく溜め息をついた直後、右足のふくらはぎがトンッと小さく蹴られた。

ハッとして振り返ると、黒みがかった紺地のふんわりとしたティアードのロングスカートに、無地の白いTシャツ、その上に紺のロングカーディガンという女の子らしさ満点の格好をした美少女が、少し不機嫌そうに立っていた。その足もとは、夏を先取りしたような素足で、クロスベルトの厚底サンダルを履いている。

「ぬ、沼田、さん……。どうしたの？」

先に帰宅しているか、友だちとお茶でもしていると思っていただけに、突然の登場に驚きを禁じ得ない。

「別に……。そっちは、数学の参考書？」

「ああ、僕、昔から理数系は苦手だからね。中間テストも、お世辞にも『できた』とは言えない感じだから」

「ふ～ん……」

とりあえず聞いたが、たいして興味もなさそうな様子の聖羅は、どこか所在《しょざい》なさげであった。それがどうにも気になってしまう。

「ほんとにどうしたの？」

「ねぇ、美雪のこと、好きなの？」

少し躊躇《ためら》いを覗かせながらも、真剣な眼差しの聖羅が小声で尋ねてきた。

「えっ、沢田さん？　いや、別になんとも思ってないけど、なんで？」

突然、美雪の名前を出され、慎司は怪訝《けげん》な表情を浮かべてしまった。確かにスタイルもよく美形だとは思うが、そこまで意識したことのない女の子であった。プールで胸が押しつけられたときは正直嬉しかったが、それも聖羅の豊乳に比べればたいしたことはなかったのだ。

「そう。なら、いいの」

ここで初めて笑みを浮かべた美少女に、慎司の胸がざわめいていく。

「そっちこそ、流れるプールでわざとらしく青木に腕を絡めてたけど、どういうつもりだったんだよ」

「なに？　もしかして、嫉妬してるの？」

「し、嫉妬って……。ち、違う。そんなんじゃ……」

悪戯っぽい目で見つめてくる聖羅に、心を掻き乱されそうになりながらも、場所柄を考え、必死に声を抑えていた。

「今回、みんなをプールに誘ったのは青木くんだったわけだし、少しくらいはいいじゃない。谷本くんだって美雪に胸、押しつけられて鼻の下のばしていたんだから」

「いや、僕は鼻の下をのばしていた気は……。って、あれは偶然だろう」

「本当にそう思ってるんだ。単純ね」

どこか呆れたような聖羅に、慎司はさらに訝しげな顔をしてしまった。そんな慎司に美少女はさらに満足げな笑みを大きくすると、グッと身体を近づけてきた。

「谷本くんが青木くんのこと、気にする必要なんてないじゃない。だって、私の裸、何度も見てるわけだし、それに、感触だって、生で……」

耳元で囁いてくる聖羅。さすがに恥ずかしいのか、その頬はかすかに赤みを帯び、ゾクリとする色っぽさと儚《はかな》さを印象づけてくる。

「また、見せてくれるの？」

小悪魔からの翻弄に抗《あらが》えない魅力を感じつつ、慎司はゴクッと生唾を飲みこむと、かすれた声で囁き返していた。

「見たいのなら、いまからでも、いいよ」

「えっ！」

想像もしていなかった返答に、自然と声が大きくなってしまった。ハッとして周囲を見る。すると、何人かがジロリと厳しい目を向けてきていた。慎司は小さく頭をさげて詫びの意を伝え、改めて隣に立つ聖羅に視線を向けた。

「だって、私服だし、そういうところに行っても……。お母さんには、みんなとご飯食べるって電話しておけば……。ねッ」

上目遣いに見つめてくる美少女に、興奮で脳が沸騰《ふっとう》してしまいそうだ。

（まさか本当に沼田さんと。沼田さんの初めてを、僕が……）

美枝子に対する後ろめたさはあるものの、「そういうところ」がラブホテルを指すことは瞬時に理解できてしまっただけに、慎司は自分の鼓動が信じられないほど高鳴ってくるのを抑えることができなかった。

「そ、それって、そういうことだよね？　本当に、いいの？」

震えそうになる声で囁くと、いまや耳まで赤く染めた聖羅が小さくコクンッと頷いてきた。その瞬間、慎司の背筋がゾクゾクッと震えてしまった。

「い、行こう……」

手にしていた参考書を棚に戻した慎司は、聖羅の手を取り、書店をあとにした。

3

「な、なんか、緊張、するね……」

「う、うん」

キングサイズの天蓋《てんがい》つきベッドの前に立つ聖羅は、上ずった慎司の言葉に、小さく頷いた。

（この大きなベッドで私、これから……）

誰にも許したことのない秘所を目の前の少年に捧げるのだと思うと、羞恥と緊張を覚えるのと同時に、全身が燃えるように熱くなる。

慎司に手を引かれ書店を出たあと、まず慎司が自宅に電話をし、美枝子に「みんなでご飯を食べて帰ることになりましたので、すみません。今日の夜ご飯はけっこうです」と告げた。その直後、クラスメイトとともにいる体《てい》を装うため、今度は聖羅が電話をして同じ内容を伝えたのである。

その後は二人、無言のまま歩き、繁華街の一角に建ち並ぶラブホテルの一軒へと入ったのだ。南国のエスニックリゾートをコンセプトにしたホテルらしく、部屋の中には籐《とう》製のソファやテーブルが置かれている。しかし、初めてこの手のホテルに足を踏み入れた高校生には、雰囲気を楽しむ余裕などなかった。

「ぬ、沼田さんが先に、シャワー、使ってよ。僕はあとでいいから」

「うん、ありがとう……。そ、それでさ、あの、これからそういう関係になるわけじゃない。だから、いまは、下の名前で呼んでくれる？」

チラッとキングサイズのベッドに視線を向け、上目遣いに慎司を見つめた。

「じゃあ、あの、せ、聖羅、さんで」

「呼び捨てでいいよ……。慎司、くん」

「わかった。じゃあ、聖羅。あの、先にシャワーどうぞ」

「う、うん、それじゃあ、お先に」

慣れない呼び方にはにかむ少年の態度に、胸をキュンッとさせられながら、聖羅は浴室へと足を運んだ。洗面脱衣所で服を脱ぎ浴室に入ると、そこにはジャグジー機能のついた円形の大きな浴槽が設置されていた。

(恋人同士でいっしょに入って、ここでイチャイチャしちゃったりするんだわ)

慎司とともにそこに入り、身体をまさぐられる場面が自然と浮かんでくる。その瞬間、ズンッという鈍い疼きが子宮を襲い、まだオトコを知らぬ肉洞がヒクヒクとざわめいた。秘唇表面にうっすらと蜜液が滲み出していくのがわかる。

(ヤダ、私ったら、なにエッチなことを想像しているのよ。まだ、なにもされていないのに、もうそんなことまで考えちゃうなんて……)

脳裏をよぎった卑猥な妄想を、聖羅は左右に首を振って消し去った。

心を落ち着けるように小さく息をついてからシャワーを出し、温かな水流を浴びていく。プールからあがったあとも、いちおうシャワーは浴びていたが、そのときとは身体の感覚がまったく違っていた。

水流が若い肌に当たるたびに、腰が震えてしまいそうになるのだ。特に豊かなお椀形の双乳の頂上にある濃いピンクの乳首は、なんてことのない水圧にさえ敏感な反応を見せ、ピクピクッと身じろぎしながら、その硬度を徐々に高めてしまっている。

「あぁん、ダメ、シャワーを浴びているだけで、なんでこんなエッチな気持ちが高まっていくの」

甘い呟きを漏らしつつも、聖羅の右手は自然と母親譲りの豊かな膨らみにのび、弾力に満ちた乳肉を揉みあげていた。

「はぅン、ダメ、こんなこと……。谷本くん、慎司くんが待ってるんだから……」

聖羅がシャワーから戻るのを待っている少年のことを思うと、再び鈍痛が下腹部を襲った。浴室の鏡に映る自身の顔が、とてつもなく悩ましく火照っている。

「あぁん、本当にダメ。こんなエッチな顔、慎司くんに見せられないよ」

甘い吐息をつきながら、聖羅は左手をのばしシャワーヘッドをフックから外すと、勢いよくお湯を迸らせるヘッドを股間に向けた。

「はンッ！」

水流が股間を直撃するや鋭い喜悦が脳天に突き抜け、甲高い喘ぎが浴室に響いた。

（あぁん、ヤダよ。これじゃあ、エッチな声、慎司くんに聞かれちゃう）

呼吸がどんどん荒くなっていくのを感じながら、右手を乳房から下腹部へとおろしていく。お湯に濡れ肌に張りつくデルタ形の細い陰毛を撫でつけながらさらに下へ、誰のモノにもなっていない秘唇へと這わせた。お湯とは明らかに性質《こと》の異なるヌメリが感じられる。

「あんッ、はぅッ、あぁ～ン……」

指先でスリットをなぞった瞬間、あまりに強烈な快感が脳内で爆《は》ぜ、一瞬意識が遠のきかけてしまった。

（嘘、自分でちょっと触っただけでこんなになっちゃうなんて。これ、慎司くんに触られたら私、どうなっちゃうの？）

おそろしい気持ちと、未知なる快感への好奇心が聖羅の心を妖しく震わせた。

「はぁ、ハア、あぁ、は、早く、戻らないと……。エッチな声に気づいた慎司くんに恥ずかしい姿、見られちゃうよ」

昂る性感に身を悶えさせながら、聖羅はさらに数回、濡れたスリットに指を這わせ秘唇を撫で洗うとシャワーを止め、荒い呼吸の中、脱衣所へと戻った。

さっと身体を拭《ふ》き、備え付けのバスローブに袖を通す。洗面台の鏡に映る火照り顔にカッと全身が熱くなる。時間を稼ぐようにアメニティの化粧水を顔に馴染ませた。その少しヒンヤリとした使用感に、風呂あがりとごまかせる程度には、火照りが治まっていく。

「ふぅ、大丈夫。慎司くんもきっと緊張と興奮があるだろうし、私が一人エッチしそうになっていたなんて、気づかれないわよ」

鏡に映る自分に言い聞かせると、聖羅は大きくひとつ頷き、洗面脱衣所をあとにした。緊張の面持ちでソファに座っていた慎司がハッとした様子で立ちあがる。

「お、お待たせ、し、慎司くん」

「う、うん。それじゃあ、今度は僕が……」

「行ってらっしゃい」

ぎこちないやり取りで少年を浴室へと送り出し、聖羅は「ふぅ」と息をつき、先ほどまで慎司が座っていたソファに腰をおろした。

(私が一人でエッチな気持ちを盛りあげていたこと、どうにか知られずにすんだみたい。でも、すぐにわかっちゃうよね。だって、裸になってあそこを見られたら……)

ズクズクと疼きっぱなしの秘唇は、指でなぞってわかったとおり、溢れ出した蜜液でたっぷりと潤んでおり、見られた瞬間、聖羅がヤル気満々であることを伝えることになってしまうのだ。

（あぁ、本当にもうすぐ、慎司くんに私のあそこ、見せることになるのね）

自分から乳房を晒したことも、偶然、陰毛を見られてしまったこともある。しかし、大事な部分だけは誰にも見せたことがなかった。その大切に守ってきた場所を、もうすぐ同級生の男の子に晒し、屹立した男性器を迎え入れるのだと思うと、恐怖と好奇心が同時に総身を震わせてきた。

（大丈夫……。慎司くんは経験あるんだし、あの性格だから、きっと優しくしてくれるはずよ）

母の美枝子と肉体関係を持っている慎司。そのことを思い出すと、自分で仕組んだことではあっても、チクリと胸に複雑な痛みが走る。

「でも、お母さんのほうがいいって思われたら、ヤダな」

不安が自然と口をつくも、慌てて首を振り払拭《ふっしょく》していく。再び「ふぅ」と息をつき、備え付けの冷蔵庫を開けると、ミネラルウォーターを取り出した。

（えっ！　や、ヤダ、慎司くん、もうあんな準備まで……）

チラリとキングサイズベッドに視線を向けた瞬間、聖羅はドキッとしてしまった。部屋に入ったときにはかかっていたエスニック模様のベッドカバーがめくられ、白いシーツがあらわにされていたのだ。一気に心臓の鼓動が速まっていくのを感じつつ、気を落ち着けるように冷たい水を口にしていった。

(これがもうすぐ沼田さん、聖羅のあそこに……。ヤバイよ、想像しただけではち切れちゃいそうだ)

完全勃起しているペニスに水流を当て、こすり洗いをしていた慎司は、身体の奥から湧きあがる射精感をこらえることができなくなっていた。

(美枝子さんにつづいて聖羅とも……。美人母娘のあそこに挿《い》れさせてもらえるなんて、僕はなんて幸運なんだろう)

「あぁ、美枝子さん、すみません。聖羅さんの、娘さんの初めてを、僕が……」

娘と間違いを犯させない意味もあり、身体を開いてくれた熟女家政婦。その期待に添えなくなっている現実に申し訳ない気持ちを覚えつつ、慎司は強張りをしごいた。

ビクビクッと肉竿が小刻みに跳ねあがり、亀頭がググッと膨張していく。陰嚢内でとぐろを巻く欲望のエキスが、出口を求めて睾丸を圧しあげてくる。

「くっ、出る……。はぁ、イクよ、聖羅。聖羅のオマ×コの奥に、子宮に全部、僕のを……。あぁ、受け止めて!」

その瞬間、腰に激しい痙攣が襲い、沸騰した白濁液が一気に迸り出た。ドビュッ、ズピュッと放たれた精液が、ビチャッと浴室の壁面に叩きつけられていく。

「くぅ、はぁ、ハア、あぁ、はぁ……」

（あぁ、やっちゃった……。本当は全部、沼田さんのあそこに出したかったのに。でも、これで少し落ち着いて、沼田さん、聖羅の初めてを……。ゴクッ）

我慢できずに射精してしまったことを悔やむ気持ちもありつつ、それでも慎司は前向きに捉えることにした。同級生とのエッチに興奮し、いまだ天を衝くペニスを改めて綺麗に洗い、壁面の精液もシャワーで流す。そして一度大きく深呼吸をし、美少女のもとへと戻った。

「お帰り。き、綺麗に洗ってくれた？」

ソファから立ちあがった聖羅が、恥ずかしげに頬を赤らめて尋ねてきた。

「うん、もちろん。だって、大切な沼田さん、聖羅の初めてをもらうんだもん。汚れたままでなんて、僕もイヤだよ」

「もう、名前で呼ぶの、慣れてよ、慎司くん」

「ご、ごめん」

思わずいままでどおりの名字で呼んでしまったことに、美少女が可愛く頬を膨らませてきた。それに対して慎司も、肩の力が少し抜けるのを感じつつ、苦笑いで返していく。

「まあ、でも、『慣れて』って言ったけど、いまだけ、だからね、呼び捨てOKなのは。家や学校ではこれまでどおりに……」

「わかってるよ、聖羅」

慎司が頷くと、聖羅はそっと目を閉じ、口づけをねだるように顎を心持ちあげてきた。一気に鼓動が速まるのを感じつつ、小刻みに震える両手で美少女の華奢《きゃしゃ》な肩を摑むと、ふっくらとした可憐な唇に己のそれを重ね合わせていった。

チュッと唇粘膜同士が触れ合っただけの、本当に軽いキス。柔らかな唇から伝わるかすかな甘みと、鼻腔粘膜を刺激する美少女の甘酸っぱい体臭が、二度目の射精感を覚えるほどの興奮をもたらしてきた。

「セカンドキスだけど、気分的にはこっちがファーストキスね。でも、ファーストもセカンドも、どっちも慎司くんでよかった」

「聖羅！」

はにかんだような微笑みに、胸が掻きむしられるほどの愛おしさを覚える。気づいたときには両手を聖羅の背中にまわし、思いきり抱き締めていた。バスローブ越しに美少女の素晴らしい肉体の感触が伝わり、完全勃起が小刻みに跳ねあがっていく。

「し、慎司くん」

「僕、聖羅が好きだ。正直言えば、ずっと気になってた。だけど今日、聖羅が青木と腕を組んで胸を押しつけたのを見て、すっごく悔しくなった。さっき書店で、『嫉妬してるの？』って聞かれたけど、してるよ。自分でも信じられないくらい、ムカついたんだ」

抑えが利かなくなり、慎司は思いの丈を聖羅にぶつけていた。

「私も、慎司くんのこと、好きだよ。だから、美雪がわざと慎司くんに抱きついていったとき、すごくイヤな気持ちになったの。だから、青木くんにわざと……。でも、本当は慎司くんにしたかった。私のオッパイのほうが美雪よりいいでしょうって」

「あぁ、聖羅……」

お互いの気持ちを吐露《とろ》し合った直後、慎司は再び聖羅の唇を奪った。優しく唇を重ねたまま、右手を背中から前に戻し、同級生の左乳房をやんわりと揉みあげていく。バスローブ越しにも、その大きさと弾力の強さがはっきりと伝わってくる。

「あんッ、慎司、くん。あぁん……」

「気持ちいいよ。聖羅のオッパイ、初めて触ったけど、本当に大きいし、すっごく揉み応《ごた》えがあるのがわかる」

「私もわかるよ。慎司くんの硬くなったのが、お腹に当たってきてて、ピクピク跳ねてるのが伝わってきてる」

「ねえ、見せて。聖羅の裸、あそこを、僕に見せて」

興奮に火照った顔で見つめてくる聖羅に、慎司はかすれた声で頼んだ。

「慎司くんのも、見せてね」

恥ずかしそうに返してきた美少女に背筋を震わせつつ、慎司はいったん抱擁を解くと、バスローブの腰紐をほどき、はらりと脱ぎ落とした。浴室で一度射精したにもかかわらず、亀頭は新たに漏れ出した先走りを滲ませ、ツンッと鼻を衝く牡臭を漂《ただよ》わせていた。

「ハッ！　す、すっごい、それが、男の子の、慎司くんのオチ×チン……。そんなに大きくなってたんだ。私の身体に興奮してくれているんだよね」

聖羅の視線が、まっすぐに裏筋を見せつける強張りに注がれている。その眼差しに腰がぶるっと震え、肉竿が大きく跳ねあがった。

「当たり前じゃないか。聖羅の肌の感触を味わったら、誰だって……」

「プールで美雪に抱きつかれたときも、硬くなったの？」

少し不安そうな顔で尋ねてくる美少女に、またしても胸がキュンッとしてしまう。

「いや、ならなかったよ。確かにドキッとはしたし、感触は伝わってきたけど、勃起はしなかった」

（そうだよな、美形な部類に入る沢田さんの胸の感触では勃たなかったのに、聖羅では……。やっぱり、本能が聖羅を求めてたんだ）

確認されたことによって、聖羅への気持ちがより強くなっていくのを感じた。

「私だから、なのね？」

「うん、聖羅がほしくて、僕のこれはこんなに……」

「あぁ、それがこれから、私に入ってくるのね」

「そうだよ。聖羅の初めては僕が……。さあ、お願い。僕にも聖羅のあそこを見せて」

「うん」

小さく頷き、聖羅がバスローブを脱ぎおろした。

「あぁ、すごい！」

感嘆の呟きが自然と口をついていた。自宅の脱衣所で偶然覗いてしまった裸体。別荘でも上半身だけはしっかりと見せてもらえていたが、下半身とデルタ形の陰毛もすべて目にするのは自宅の脱衣所以来であった。あのときは一瞬であったが、いまは時間制限はなく、素晴らしい肉体を鑑賞できるのだ。

「本当になんて綺麗で、すごいスタイルなんだ。聖羅の裸を見ているだけで、僕……」

綺麗なお椀形の豊かな膨らみ。肌に溶けいりそうな淡い桜色の乳暈の中心では、濃いピンクの乳首がすでに硬化しているのがわかる。なめらかな絹肌。深く括れたウエストから無防備に張り出したヒップの盛りあがり。熟母の美枝子と同じデルタ形でありながら、ひっそりと清楚な印象を与える繊細な陰毛。そして、適度に筋肉のついたスラリとのびる美脚。そのすべてが美しく、そして愛おしかった。

「慎司くんのモノだよ。青木くんではなく、慎司くんの」

「あぁ、聖羅を青木になんか絶対に渡さない。ずっと僕だけのモノだ！」

気持ちが昂っているだけに、目の前の美少女を誰にも渡したくない、独占していたいという気持ちが強く芽生えてくる。

「さ、触っても、いい？」

「いいけど、でも、そのあとは僕も聖羅のを……」

「うん、恥ずかしいけど、慎司くんなら、いいよ」

初々《ういうい》しいまでの反応を見せた聖羅の右手が、いきり勃《た》つペニスへとのびてくる。躊躇いを見せつつもほっそりとした指が肉竿をそっと握りこんできた。

「ンはっ！　あっ、あぁ……」

少しヒンヤリとした指先の感触、そのたどたどしい感じが慎司の性感を一気に煽ってくる。脳天に愉悦が駆けあがり、ビクンッとペニスが大きく跳ねあがった。

「す、すごい……。こ、こんなに硬くて、そして、熱いなんて……。ヤダ、ビクンビクンしてる。も、もしかして、気持ちいいの？」

「あぁ、気持ちいいよ。聖羅に握られているだけで僕、すぐに出ちゃいそうだ」

（これ、美枝子さんに握られたときより、よっぽど……。ただ、握られているだけなのに、聖羅が触っているんだって思うと、それだけで……。シャワーを浴びたときに抜いておいて正解だったな。あれがなかったら、いまごろはもう……）

「えっ！　そんなに？　だって、ただ触ってるだけだよ」

聖羅が、本当に信じられないといった驚き顔で見つめてきた。

「僕だって、こんな一気にくるなんて、予想外だよ。でも、聖羅が触ってくれているんだって思ったら、くっ、ダメ、なんだ。ねえ、今度は僕に聖羅のを……」

突きあがってくる射精衝動を懸命にこらえながら、慎司は秘唇を見せてくれるよう訴えた。

「う、うん……。約束、だもんね」

頬をいちだんと赤く染めた美少女はペニスから手を離すと、天蓋つきのキングサイズベッドに近寄った。

「これから、ここで、二人……」

「うん、聖羅の大切な初めてを僕が……」

「バカ、それを言わないでよ。すっごく緊張しちゃうじゃない」

「ごめん」

「慎司くんは、女の子に対するデリカシー、もう少し持ったほうがいいよ」

可愛く頬を膨らませた聖羅は、それでも白いベッドシーツに身体を横たわらせると、おずおずと膝を立てるようにして両脚を開いてくれた。慎司もすかさずベッドへあがり、クラスメイトの脚の間にうつぶせになった。

「す、すごい、これが沼田さんの……」

「あっ、いま、沼田さんって言った。もう、見せてあげないんだから」

思わず口をついてしまった言葉に、聖羅の両手が股間をふさぎ、ガードを作られてしまった。

「ご、ごめん、聖羅。お願い、もう一度だけ僕にチャンスをちょうだい」

「ラストチャンスだからね」

「うん、ありがとう」

すっと両手のガードを離してくれた美少女に礼を言い、慎司は改めて開陳《かいちん》された秘唇に視線を注いだ。

「本当にすっごい。こんなに綺麗だなんて……」

ひっそりとした佇《たたず》まいの、透明感溢れる女陰。何人《なんぴと》の侵入も拒否するように硬く口を閉ざしていたが、その表面は光沢を帯びるほどに湿っていた。開かれた内腿にも蜜液が垂れ落ちたラインがあり、聖羅がすでにそうとうな興奮状態で、蜜液を溢れさせていることがわかる。

（こんなにエッチに濡らしちゃってるってことは、聖羅も本当にその気になってくれてるんだ。この甘酸っぱい匂いの元にもうすぐ、僕のモノを……）

鼻腔粘膜をくすぐってくるのは、美枝子の少し酸味のあるチーズ臭とは違う、どこまでも甘い蜜臭であった。その芳香に腹部とベッドマットで挟まれた強張りが断続的に跳ねあがり、射精感の近さを訴えかけてくる。

「あんッ、恥ずかしいよ。本当に誰にも見せたこと、なかったんだからね」

「うん、わかってる。僕を選んでくれて、本当にありがとう。ねえ、少しだけ、舐めてもいい？　聖羅のここ、頭がクラクラしちゃいそうなほど甘い匂いがしていて、たまらないんだ」

恍惚感を覚えながら、かすれた声で尋ねた。甘い泉に口をつけ、喉の渇きを潤したくて仕方がない。

「えっ？　う、うん。少し、だけなら。でも、私がヤメテって言ったら、絶対にヤメテね。もしそれでもつづけようとしたら、私の初めて、慎司くん以外の人のものになっちゃうからね」

「わかってるよ。聖羅が嫌がることは絶対にしない。それに、こんな綺麗なオマ×コ、ほかの男になんて絶対に渡さないよ」

戸惑いながらも許してくれた美少女に頷き、慎司は聖羅のなめらかな太腿を両手で抱えこむと、甘い牝臭を鼻の頭で掻き分けるように一気に顔を淫裂へと近づけた。

「そんなエッチな言葉、使わなッ、あんッ！　あっ、あぁん、はぅン……」

卑猥な四文字への抗議の声が一瞬にして裏返り、甲高い喘ぎへと変わった。

その瞬間、舌を突き出した慎司が、密《ひそ》やかな秘唇をペロッと舐めあげたのだ。チュッ、チュパッ、チュポッ……。優しくスリットをなぞるように舌を這わせていくと、甘みの強い、さらっとした蜜液が舌先で躍る。

（すごい！　ここの味も、美枝子さんとは全然違う。こんなにクセがなくて、飲みやすいなんて……）

熟女の淫蜜のように、牡の情感を激しく揺さぶってくるものはないが、味わいやすさという面では女子高生の甘蜜のほうが勝っているように思える。

「はぁン、し、慎司、くンッ。あぁん、舐められてる。本当に、私、男の子に、あそこ、うンッ、ペロペロされちゃってるよぅ……」

初めて秘唇を舐められた聖羅は、自身の指で触るのとはまったく違う、鋭く突き抜けていく快感に身をくねらせた。断続的にヒップが跳ねあがり、切なそうに腰が揺れてしまう。

（嘘、男の子に舐められるのがこんなに気持ちいいなんて……。ダメ、腰が勝手に動いちゃう。これじゃあ私、すっごくエッチな女の子みたいじゃない）

チュパッ、チュパッ、チュチュッ……。慎司のそっと労《いたわ》るような舌遣いに、恥じらいを含む理性に靄《もや》がかかり、悦楽を求めるオンナの本能に光が差しこんでくる。

「あぁん、しっ、慎司、くん……。はぁ、ダメ、私、それ以上されたら、おかしくなっちゃうよぅ」

少年の頭に両手を這わせ、髪の毛をクシャッとしていく。

「ンぱぁ、はぁ、いいよ、おかしくなって。もっといっぱい、気持ちよくなって。聖羅のエッチな姿をもっと見せてよ。聖羅のここ、すっごく甘くて美味しいから、僕はいくらでも……。チュパッ！」

いったん秘唇から顔を離し、こちらに視線を向けてきた慎司は、だがすぐに顔を股間へと埋めてきた。すぐさま舌が淫裂をなぞりあげ、快感がもたらされる。

「あんッ、うぅん、エッチな姿なんて、はンッ、見られたくなッ！　いや、ダメ。そこ、あぁン、そこはおかしくなっちゃうから。お願い、し、慎司、くンッ！」

反論の言葉が途中で裏返った。優しくスリットを撫でつけていた少年の舌が、秘唇の合わせ目に這わされたのだ。包皮から頭を覗かせた小粒なクリトリス。淫悦に充血し、硬化していたその突起がヌメッとした舌先で舐めあげられた瞬間、色とりどりの瞬きが眼窩《がんか》を襲い、ヒップが大きく浮きあがり、背中が弓反りとなった。

ぢゅるっ、チュチュッ、チュパッ……。慎司の舌で重点的に突起が嬲られていく。

（ヤッ、ダメ、イッちゃう！　こんなすごいの知らない。初めてのエッチで、あそこ、舐められただけで……。うぅン、本当にエッチな女の子になっちゃうよぅ）

鋭いスパークが何度も脳天で破裂し、腰に断続的な痙攣が襲いかかってくる。

「あぁん、慎司くん、ダメ、お願い、もう……。イヤッ！　一人はイヤなの。いっしょに、慎司くんといっしょがいいの、だから、はぁン……」

自分だけが絶頂を迎え、淫らな女の子だと思われたくない一心で、聖羅は身体の奥底から突きあがってくる快感に耐え、慎司の髪の毛を掻きむしっていった。

「ンぱぁ、はぁ、ハア、あぁ、せ、聖羅……」

「キテ、慎司くんのを私に……。私の初めて、もらって」

唇の周りを蜜液でテカらせた少年に背筋をゾクリとさせつつ、聖羅は悩ましく上気した顔で挿入をねだった。

「い、いいんだね、本当に。ぼ、僕が、聖羅の初めてを……」

開かれた脚の間から身体を起こした慎司が、下腹部に張りつきそうになっているペニスを右手に握り、確認を求めてきた。

（すごいわ。慎司くんの、さっきよりも大きくなってる。先っぽがパンパンに膨らんで、赤黒くなっちゃってるよ。あんな大きなモノが、これから私の膣中に……）

少年のペニスがいちだんと膨張しているのを見た聖羅の子宮に、重たい鈍痛が襲った。未知なる挿入への恐怖と、オンナの悦びを欲する肉体の疼きが入り乱れていく。

「当たり前でしょう。それとも慎司くんはここまでしておいて、私の初めてはほかの人に奪われても平気なの？」

「全然平気じゃない。聖羅の身体をほかの男が触るなんて、耐えられないよ」

「だったら……。ねッ、でも、優しくしてよね」

試すような言葉に全力で首を振ってきた慎司に、聖羅は改めて求めていった。

「あぁ、聖羅……。わかったよ。聖羅の初めて、僕がもらうね」

緊張しているのか声を上ずらせた慎司が真剣な目で頷くと、右手に握った強張りの先端を聖羅の濡れた秘唇へと向け、腰を進めてくる。

(私、いよいよ、本当に、男の人のモノをあそこに……。お母さんに嘘をついてまで、エッチしちゃうんだわ)

父を亡くして以降、女手ひとつで育ててきてくれた母親。聖羅と慎司は、いっしょに遊びに行った友人たちと、夕食を摂っていると信じているであろう美枝子に嘘をついてまで、ラブホテルで初体験を迎えようとしていることに後ろめたさを感じる。

(でも、お母さんも慎司くんとエッチしたんだし、私だって、いいわよね。だって、こんなに慎司くんに惹かれてるって、わかっちゃったんだもん)

美枝子が慎司と肉体関係を持つよう仕向けたのは、ほかならぬ聖羅自身であった。

しかし、展開が少し違っていれば、あの場で母に覗かれながら初体験をすることもあり得たのだ。時間と場所がズレただけで、慎司との性交は運命だとさえ思える。

「僕、できるだけ優しくするから。でも、もし痛かったら、すぐに言ってね。絶対に無理やりなんてしないから」

慎司のかすれ声で聖羅は一気に現実へと引き戻された。直後、張りつめた亀頭先端が、濡れたスリットにチュッとキスをした。

「あんッ、慎司、くん……。わかるわ、慎司くんの先っぽが私のに、うんっ、ダメ、そんなこすりつけてこないで。あぁん、腰がムズムズしちゃうよ」

膣口を探るようにペニスを小さく動かしてくる慎司に、聖羅は切なそうに腰をくねらせてしまった。

「くっ、あぁ、ごめん、わざとじゃないんだ。僕も、入口、よくわかってなくて……。はぁ、でも、これ、すっごく気持ちよくって、出ちゃいそうだよ」

「ダメ、まだ、出さないで。私といっしょに気持ちよくなってから、あんッ、そこ、いま触れたとこ……。もうちょっと下……」

愉悦に顔を歪める少年に言葉を返していると、一瞬、亀頭が肉洞の入口を捉え、すぐさま離れてしまった。そのため、初めてでありながらも自身の膣口への誘導を行わなくてはいけなかった。

(挿れてもらうだけで、こんなに大変だったなんて……。覗いたときはお母さんが全部やってくれたみたいだから、慎司くんにとっても初めてのことなんだわ)

慎司の童貞は母に譲ったが、少年が自ら挿入を果たす蜜壺が自分のモノであることに、聖羅はなんともいえない優越感を覚えた。直後、ンヂュッとくぐもった音を立て、亀頭先端が膣口を確実に捉える。

「あっ! そこ!」

「うん、こ、ここだね。い、挿れるよ」

上ずった声の慎司に、聖羅は無言で頷き返した。

(いよいよ、本当に、私……)

オンナになる瞬間の到来に、全身に緊張が走り、自然と身体に力が入る。

「力、抜いたほうがいいと思うよ。じゃないと……」

「うん、でも、痛いのは覚悟してるから、だから、遠慮しないで、一気にキテ」

気遣いの言葉をかけてくれる慎司に、かすれた声で返していく。すると少年は大きく頷き返し、タメを作るように腰を少し後ろに引いた。

二人の喉が同時に音を立て、ゴクッとそれぞれが唾を飲んだ次の瞬間、それを合図としたかのように、ズンッと少年の腰が力強く突き出された。

グジュッと粘つく音を立て、未開の肉洞にいきり立つ強張りが圧し入ってくる。侵入拒絶の膜が、張りつめた亀頭によってプチッと簡単に突き破られた。

「んガッ！」

口からは声にならないうめきが、見開かれた両目からは大粒の涙がこぼれ落ちた。

（イッ、痛い！　ヤダ、これ、痛すぎるよ。あぁ、痛すぎて、声も出ない。あそこ舐められて、あんなに感じちゃってたのに。あんなにいっぱい、エッチに濡らしちゃってたのに、こんなに痛いなんて……）

クンニで絶頂寸前まで高められていたため、痛みはあっても比較的スムーズに挿入されるのでは、そんな幻想をどこかに抱いていた。しかし現実は、硬く口を閉ざしていた膣道がメリメリと強引に圧し広げられ、想像を絶する激痛が全身に伝播《でんぱ》されていった。

「ンくぁ、キ、キッツい……。聖羅の膣中、とんでもなく狭くて、僕のが、押し潰されちゃいそうだ。あぁ、聖羅は大丈夫？　痛くない？」

首に太い筋が浮きあがるほど、慎司の全身にも力が入っているのがわかる。それでも少年は、破瓜《はか》を迎えた聖羅を気遣う言葉をかけてくれていた。

「ハア、あぁ、痛いよ。信じられないくらい、痛い！　慎司くんの硬いのであそこがパンパンに圧し広げられてるのがわかるの。優しくしてくれるって言ったのに、嘘つき。あぁ、こんなに痛いなんて想像以上よ……」

「ごめんね。ほんとに、ごめん……」

八つ当たりのような言葉を投げつけてしまった聖羅に、慎司は一瞬、悲しげに顔を歪めながら、謝罪の言葉を返してきた。

（私、最低だ。慎司くんはなにも悪くないのに、私のこと気遣ってくれているのに。初めてで痛いのなんて、覚悟していたのに……）

「ううん、いいの。私も、くっ、責めるようなこと言って、ごめん。この痛みが、慎司くんに私の初めてをプレゼントできたってことだもんね。そう考えたら、嬉しい痛みだわ」

「あぁ、聖羅……。そんなふうに言ってもらえて、ンくぅ、僕も感激だよ。誰もが羨《うらや》む美人の聖羅の初めてを僕が……。はぁ、本当に聖羅のここ、とてつもなくキツキツで、僕も身動き取れなくなっちゃいそうだよ」

「それ、私も。慎司くんの大きいので、完全にあそこが埋められちゃってるよ。このまま離れられなくなっちゃったら、どうし、あんッ、嘘でしょう？　そ、それ以上大きくしちゃダメ。私のあそこが、うンッ、裂けちゃうよぅ」

当初の緊張が解けはじめ、お互い、ぎこちなくではあるが笑みを浮かべられるようになった直後、肉洞を埋める強張りがピクッと震えながら、その体積をさらに増してきたのだ。

「ごめん、でも、聖羅が嬉しいことを、このまま離れられなくなったら、なんて言うから。一生、聖羅といっしょにいられることを想像したら、つい……」

「ばっ、バカじゃないの、そんな気の早いこと……。私もだいぶ、この感覚に慣れてきたから、少しくらいなら、腰、動かしていいよ」

戸惑いを隠すように早口で言うと、聖羅は自ら腰を小さく揺すった。ンヂュッ、ヂュッと粘つく蜜音をともない、蜜壺内のペニスが小幅に動く。すると、まだ刺激に慣れていない若襞がこすられ、鈍痛をともなった快感がゾクリと背筋を駆けあがった。

(あんッ、膣中こすられるとまだ少し痛いけど、でも、これで少しは冷静に……)

プロポーズとも取れる言い方をした慎司に、顔面を一気に熱く火照らせ、心臓の早鐘がウェディングベルのように脳内に響いていた聖羅は、膣内に感じる痛みによって現実に戻ることができた。

「ンわっ、あぁ、せ、聖、ラ……」

美少女が小さく腰を揺すっただけで、狭い肉洞に嵌《は》まりこむペニスに細かく入り組んだ膣襞がぎこちなく絡まり、こすりあげてくる。その強烈な締めつけをともなう快感に、慎司の口からはかすれたうめきがこぼれ落ちていた。

（聖羅の膣中、美枝子さんと全然違うよ。もちろん初めてっていうのもあるんだろうけど、こんな身動き取れないほどキッキツだなんて……。でも、これが聖羅の初めてを奪った証《あかし》なんだ。僕がこんな美少女の初めてを……）

そう思うと興奮がいやでも高まってくる。ビクッとペニス全体が胴震いを起こし、雁字搦《がんじがら》めに締めつけてくる膣襞をググッと圧しやっていく。

「はンッ、また、なの？　どうして、さらに大きく……。あぁん、それ以上大きくしちゃほんとにダメだよ」

「ごめん、聖羅……。でも、聖羅とエッチできてるんだと思うと、興奮しちゃって、もうどうしようもないんだ。僕も少し腰を動かすよ。辛かったら言ってね」

目尻から耳のほうへ向かって流れ落ちた涙のあとを残す聖羅が、不安そうな顔で見つめてきた。その美少女の儚さに牡の本能を、独占欲を刺激された慎司は、同級生の膣内にマーキングをするように、ゆっくりと腰を前後に振りはじめた。

グチュッ、ズチュ……。卑猥な摩擦音とともにいきり立つ肉槍が蜜壺を往復していく。まったくこなれていない若襞でペニスをしごかれる。そのつど、痺れるような愉悦が背筋を駆けのぼり、快楽中枢を揺らしてきた。

「あんッ、慎司、くンッ、うぅん、はぁ、あぅン……」

聖羅の顎がクンッとあがり、甘いうめきを漏らした。やはりまだ初挿入の痛みはあるのか、眉間には少し苦しそうな皺が寄っている。

「あぁ、聖羅、気持ちいいよ。聖羅のここ、ほんとに、気持ちよすぎて、すぐに出ちゃいそうだ。ねえ。大丈夫？　痛くない？」

「うん、それくらいなら、大丈夫だよ。だから、気持ちよくなって。私、さっき慎司くんになにもしてあげられなかったから。あぁん、せめて私のあそこで、うンッ、いっぱい気持ちよくなって……」

「いっしょだよ。さっき、聖羅が言ったとおり、いっしょに……」

健気な言葉を返された慎司は、特別な想いがいっそう募ってくるのを感じながら、ゆっくりとした律動をつづけていった。その一方で、右手を美少女のお椀形の膨らみにのばすと、弾力のある見事な膨らみをやんわりと揉みこんでいく。

「あんッ、しっ、慎司、くん……」

聖羅の腰がピクッと跳ねあがり、肉洞の入口がキュッと締まりを強めてきた。その瞬間、ピキンッと鋭い淫悦が脳天に突き抜け、目の前が白くなりかける。

「くはッ、あぅ、くぅぅ、キ、キッツい……。はぁ、聖羅のここ、いちだんと締めつけが強く……。でも、気持ちいいよ。聖羅はここもオッパイも、全部が気持ちいい」

秘唇を強調するように、一度だけズンッと強くペニスを打ちつけ、パツパツのゴム鞠《まり》のような弾力を堪能《たんのう》していく。

「はンッ、あぅん、あぁ、いいよ、好きにして。この身体を慎司くんの、慎司くんだけのモノにして」

切なそうな顔になった、美少女の両手が慎司の首に回され、引き寄せられた。左乳房に這わせた右手はそのままに、左手を聖羅の顔の横につくと、身体を重ね合わせていく。

「あぁ、聖羅、好きだよ……。絶対、大切にするから」

「うん、私も大好きだよ、慎司くん!」

上気した顔で見つめ合い、そのまま唇を重ね合わせていった。

唇も、そして鼻腔をくすぐる吐息も、先ほどより甘みが増しているように感じる。

慎司は牡の本能に突き動かされるように、小刻みに腰を振りつづけ、美少女の蜜壺でペニスをしごきあげた。入り組んだ若襞が懸命に強張りに絡みつき、膣奥へといざなってくる。未熟ながらもオトコを悦ばせようとする蠢きに、射精感が確実に盛りあがってきた。

（あぁ、ヤバイ。聖羅の膣中、本当に具合がよすぎて、すぐにでも出ちゃいそうだ。でも、その前に聖羅にも……。僕なんかに初めてを捧げてくれたんだから、少しでも気持ちよくなってもらいたい）

迫りあがる射精感を必死にやりすごした慎司は舌を突き出し、同級生の柔らかな唇を軽くノックした。一瞬、戸惑ったように目を泳がせたものの、聖羅もおずおずと舌を出して絡めてきた。

ヌチュッ、チュチョ……。柔らかな粘膜同士がもつれ合い、ほんのりと甘い唾液が流れこんでくる。肉洞がキュンキュンッと収縮し、さらに膣圧を高めてきた。それに負けじと、硬直も小刻みに跳ねあがり、亀頭をさらに膨張させていく。

「ンぱぁ、はぁン、し、慎司、くんの、すっごい。お腹の奥にズンズン響いてくるみたいで、うンッ、変だよ、こんなの。まだちょっと痛いのに、でも、気持ちいい感覚も迫りあがってきてるの」

「くぅぅ、聖羅が感じてくれているなら、僕は最高に嬉しいよ。でも、あぁ、ほんとにごめん、もう限界が近いみたいだ……」

舌同士の接触を断ち、蕩けたような表情となった同級生に、慎司は腰を振りつづけながら、絶頂感の近さを訴えた。実際、グググッと煮えたぎった欲望のエキスが発射の瞬間を待ち侘《わ》びるように陰嚢内を暴れまわり、睾丸を圧しあげてきている。

「うん、わかるよ。私の膣中の慎司くんが、ピクピク何度も跳ねて、そのたびに大きく……。あんッ、ヤダ、慎司くんの硬いのであそこの襞を撫でられると、頭の中が真っ白になっちゃう！」

「なってよ、聖羅。いっしょに真っ白に……。くっ、おぉぉ、セイラぁぁぁッ！」

もうこれ以上、射精衝動を抑えこめそうになかった。喜悦に顔を歪めた慎司は牡の本能のままに腰振りの速度をあげていた。ズチョッ、グチュッ……。淫蜜と先走りが混じり合う艶めかしい攪拌《かくはん》音が大きくなる。

「あんッ、強い！　それはちょっと強すぎるよ、慎司くん。はぅン、あっ、ダメ、私、腰が浮いちゃいそうに……。あぁん、慎司くん、シンジ、くンッ」

「ごめん、聖羅、でもダメだ、もう……。あぁ、ちゃんと抜くから、だから、もう少し、だけ……」

「えっ？　ダメだよ、抜いちゃ。このまま、あぅん、大丈夫だから。だから、このまま膣中に……。直接、慎司くんを感じさせて！」

膣内射精は避けなければと思っていた矢先、聖羅は愉悦に火照った顔で甘いおねだりをすると、両脚を跳ねあげムチッと弾力のある太腿で慎司の腰を挟みこんできた。

「くっ、えっ、いいの？　僕、本当に、もう……」

「うん、いいよ、キテ。あっ、あんッ、激しい！　あぁン、慎司、くぅン……」

慎司の腰の動きがメチャクチャになった。ただ目の前の欲望を満たすためだけに、美少女の肉洞を力強く突いていく。入り組んだ膣襞でズリズリッと勃起がしごかれ、亀頭が破裂寸前にまで膨らむ。

「おぉ、出る！　イクよ、聖羅。ぐっ、はぁ、出ッりゅうううううッ！」

ひときわ力強く、ズンッとペニスを根元まで穿《うが》ちこんだ瞬間、目の前で激しいストロボの瞬きが起こり、眼前が真っ白になった。ズビュッ、ドビュッと熱い迸りが勢いよく聖羅の子宮に殺到していく。

「あぅん、キテル。熱いのが、膣奥に、慎司くんのがお腹の中に。ドクン、ドクンッて出てるよぅ！」

「あぁ、聖羅、ごめん。気持ちよすぎて射精、しばらく止まりそうにないよ……」

身体中から精気が全部吐き出されていくのではないかと思えるほどの激烈な射精に、

慎司は激しく腰を痙攣させながら、グッタリと美少女の上に倒れこんでいった。

「はぁン、すっごい……。お腹の中、慎司くんのでポカポカしてる」

少年の激しい射精を子宮に直接受けた聖羅は、放心状態にあった。いまだ膣内には初めての肉竿が根元まで嵌めこまれ、ピクピクッと震えている。

「ごめんね、最後、我慢できなくて強くしちゃって。本当に大丈夫だった？」

「うん、平気。慎司くんが私で気持ちよくなってくれたんだって思ったら、なんだか嬉しくなっちゃった」

オンナになりたての顔で聖羅は初めてを捧げた少年に、はにかんだ笑みを送った。

「聖羅……。本当にありがとう、初体験の相手に僕を選んでくれて。とっても素敵だったよ」

優しい微笑みを返してきた慎司が、チュッと唇を奪ってきた。その瞬間、肉洞に埋まるペニスが震え、その体積が増したのがわかる。

「ほんと？　お母さんにも負けてなかった？」

「えっ!?」

その瞬間、少年の両目が大きく見開かれた。それまでの恍惚顔から血の気が引いている。それと同時に、膣内の淫茎が急速に勢いを失っていった。

(あっ! 私いま、すっごいよけいなこと言った)

そう思っても後《あと》の祭り。吐いた唾は飲みこめなかった。

「ごめん、慎司くん。実は……」

初体験の余韻《よいん》が霧消《むしょう》していくのを感じつつ、聖羅は別荘でのことを正直に話した。

「はぁ、そういうことだったのか。でもまさか、美枝子さんとのエッチを聖羅に見られていたなんて……」

衝撃を覚えた様子ながらも、なぜか慎司のペニスが再び活力を取り戻してきた。

「ごめんね……。ねえ、なんで、また、大きくなってるの? 怒ってないの?」

「怒ってないって言ったら嘘になるけど、でも、聖羅の行動がなかったら、僕はまだ童貞のままで、聖羅ともいまここにいなかったと思うから。でも、そうだな。お仕置きはするよ」

そう言うと慎司が再び腰を振りはじめた。ヂュチュッ、グジュッ……。膣内に溜まる大量の精液と愛液が瞬く間に混ざり合い、卑猥な性交音を奏ではじめる。

「あんッ、慎司、くん。はぅン、お仕置きって、まさか、このまま……」

「そうだよ。時間ギリギリまで、聖羅の膣奥にさらに僕のモノを注ぎこませてもらうからね。子宮にたっぷりと精液を溜めこんだ状態で、美枝子さん、お母さんに会ってもらうよ」

「はンッ、そんなの、うんっ、ダメだよ。絶対お母さんに変に思われちゃう」

母にオンナになったことを知られることは、やはり恥ずかしかった。しかし、慎司の律動に、聖羅の中のオンナは確実に性感を煽られてしまっていたのだ。

「くっ、はぁ、聖羅の膣中、キュンキュンしてきてるよ！　さあ、もっと感じて、エッチな聖羅を僕に見せて」

気持ちよさそうに頬を緩める少年の右手が、またしても左乳房に這わされ、弾力豊かな膨らみを捏ねまわしてきた。

「あんッ、慎司、くンッ、はぁン！」

（あぁん、ヤダ、これ、さっきよりずっと気持ちいい。私のあそこ、もうエッチに慣れてきちゃってるのかも……）

自身の中の思わぬ淫蕩《いんとう》さに恥じらいを覚えつつも、聖羅の腰は自然と男を迎え入れる動きを見せ、絶頂への階段を駆けあがっていくのであった。

第四章　不道徳な生ハメ絶頂体験

1

「あぁ、そうか、そういうことか……。なんか、わかった気がするよ」

六月初旬の火曜日の夜。場所は谷本家三階のスタディルームでのこと。

谷本家の三階には海外赴任をしている両親の寝室と、慎司の部屋、そして父が自宅で仕事をする際や、母が趣味のピアノを弾《ひ》くために使っていた部屋があった。

その部屋には父が使う大きな木製デスクと、部下と打ち合わせをするための会議テーブル、そして壁際には母のアップライトピアノが置かれていた。そしていま、そのテーブルに聖羅と横並びに座って、苦手な数学を教えてもらっていたのだ。

「『わかった気』じゃなくて、わかって！」

不満そうな表情で聖羅が睨んでくる。美少女の初めてをもらってすでに半月以上が経過していた。表面的な二人の関係に変化はなく、あの後はそういう関係にもなっていない。

当初は恥じらいがなかったわけではないが、家には美枝子もいるため、それを表に出すわけにもいかず無理をしていた部分もあった。しかし、時間が経つにつれ自然とそれまでどおりに戻っていった。

とはいえ〝表面的〟な変化はなくとも、お互いの距離が縮まったことは確かであり、こうしていっしょに勉強することも珍しくなくなっていたのだ。

「はい、わかりました」

「本当に？」

美枝子が淹《い》れてくれたコーヒーに口をつけ答えると、今度は不審な目を向けられてしまった。

「ほ、本当だよ」

「じゃあ、最後にこの問題、解いてみて。理解できていればできるはずだから」

少し顔を引き攣《つ》らせ答えた慎司に、聖羅は疑いの眼差しを向けつつも、手持ちの問題集からとある応用問題を出題してきた。

「正解したら、ご褒美があったりは……」

「はぁ？　なに言ってるの。あるわけないじゃない。誰のために教えてると思ってるのよ。谷本くんが教えてくれって言うから私は……」

「もちろん、それは感謝してます。でも、モチベーションって大事だと思うんだ」

呆れた様子で、ジトッとした目で見つめてくる聖羅に、それでも軽口を返しつつ、慎司は二次関数の問題に取りかかった。

「ちなみに聞くけど、なにかご褒美の希望とかあったの？」

「えっ、そりゃあ、もちろん……」

ノートから顔をあげ、隣に座る美少女の胸元に視線を落とした。

聖羅はまだ入浴前らしく、黒いキャミソールにデニムのホットパンツというなかなかに露出の高い格好をしていた。そのキャミソールを盛りあげる豊かな膨らみは、いつ見てもいい眺めである。さらに、視線を少し下にずらせば、女子高生の生太腿を見ることができるのだからたまらない。

（本当に沼田さん、エッチな身体してるよな。ちょっと意識がこっちに向いただけで、もう……）

すでに入浴を終えている慎司の股間が、パジャマズボンの下でムクムクと体積を増してきてしまう。

「エッチな目で見ないでよ変態。私の身体は、そんなに安くないんだからね」

「だろうね」

「そ、それに、お母さんとは私に隠れて、エッチしてるんでしょう？」

意識を再び問題集に向けようとすると、どこか不機嫌そうな言葉が浴びせられた。

ラブホテルで聖羅の初めてを贈られた日。慎司と美枝子の関係を知っていると告白してきた美少女の膣内に二度目の射精を行ったあと、熟女家政婦との取り決めについての説明をしていたのだ。

「ま、まあ、それは……」

毎週金曜日の背徳性交。先週も熟れた肉体で欲望を発散させてもらっており、また今週も聖羅が部活から戻ってくるまでの時間を利用して、関係を持たせてもらう予定になっていた。

「別にいいけどね、お母さんの件、仕組んだのは私だし……。谷本くんが誰とエッチしようが、私には関係ないしね」

「僕は沼田さんがほかの男とエッチするの、あまり嬉しくないけどな」

どこか投げやりな聖羅の言葉に、慎司はまたよけいな返答をしてしまった。

「なっ、なに言ってるの？　私はそんな尻軽じゃないです！」

「ごめん、そういうつもりで言ったんじゃないんだ」

完全な不機嫌モードになった聖羅に、慎司は何度も頭をさげた。

「はぁ……。さっさと問題、解いて！」

「はい」

（ほんとバカなこと言ったよ。でも、本心ではあるんだよな。沼田さん、聖羅の素敵な身体をほかの男がって考えると、胸がムカムカしてくるし。自分は美枝子さんとエッチしてるっていうのに、ほんと身勝手だよな）

思慮《しりょ》の浅すぎた発言に後悔を覚えつつ、慎司は再び問題集に視線を落とした。

「ねえ、そういえば、渡辺くんと珠樹が付き合いはじめたって知ってた？」

気まずくなりかけた空気を変えるように、聖羅が思いがけないことを言ってきた。

「えっ！　そうなの？　初耳。まさか、この前のプールがきっかけ？」

（オイオイ、渡辺、マヂかよ。そんな話、まったく聞いてないぞ！）

今日も昼食をともにした友人の思わぬ秘密に、完全に手が止まってしまう。

「みたいよ。今日、部活帰りに珠樹といっしょになったんだけど、いきなり打ち明けられてビックリした。それで、今度の日曜日にまたトリプルデートしようって誘われちゃった」

「トリプルデートって、カップルは渡辺と守谷さんだけじゃん。この前のプールだって、青木が沼田さんとお近づきになりたくて提案したものでデートではなかったし」

「私はデートでもないイベントで、彼氏でもない誰かさんに初めてを奪われたのね」

慎司の言い方が気に食わなかったのか、聖羅の口調がちょっとムッとしている。

「それを言うか。それに、あの日、本屋にいた僕のところにわざわざ来て誘ったの、沼田さんのほうだったと記憶しているけど」

「酷い！　それって、『興味ないけど、仕方なくもらってやった』みたいに聞こえる。もういいわよ。正解したら少しはご褒美をあげようと思ったけどやめた。ほら、さっさと問題を解きなさいよ」

「ごめん……。悪かったよ」

頬を膨らませる聖羅に再び詫びを入れ、慎司は改めて問題集に集中していった。

「とりあえず、解けたので、採点お願いします」

うやうやしくノートを隣に座る聖羅に差し出すと、美少女はご機嫌斜めな表情で無造作に赤ペンを手にすると、さっさと採点をはじめた。

「うん、正解。なんだ、ちゃんと理解できてるんじゃない」

「それはどうも。沼田さんの教え方が上手だから、わかりやすかったよ。教えてくれてありがとう」

完全に上から目線の聖羅に、教えを請《こ》うた立場上反論もできず、苦笑混じりに礼を言うと、慎司は参考書やノートを閉じ立ちあがった。次いで、テーブルの端に置かれていたトレーに二人分のマグカップを乗せ、片付けを開始する。

「ねえ、慎司くん。手、出してくれる」

椅子から立ちあがった聖羅が、突然名前を呼び、そんなことを言ってきた。

「えっ？　はい」

ワケがわからずとりあえず右手を差し出す。すると、その手を掴んだ女子高生がキャミソールを盛りあげる形のいい膨らみへと導いてきた。ムニュッと弾力感の強い豊かな乳肉の感触が、手のひらいっぱいに広がってくる。

「ぬ、沼田さん!?　こ、これは……」

(すごい。やっぱり沼田さんの、聖羅のオッパイ、柔らかいのに張りも強くて、美枝子さんの軟乳とはまったく違う触り心地で、気持ちいい)

呼吸が一気に乱れてくる中、本能的に膨らみ全体をやんわりと揉みこんでいく。

「あんッ！　問題に正解したご褒美……。これでも、いい？」

恥ずかしそうに頬を染め、上目遣いに見つめてくる美少女に、胸が完全に射貫かれていた。聖羅に対する愛おしさが一気にこみあげ、抑えが利かなくなってくる。

「あぁ、聖羅！」

右手で同級生の乳房を揉みあげつつ、慎司は左手を美少女の背中にまわすと、そのままグイッと抱き締めていった。パジャマズボンの下でいきり立つ強張りを、グイグイッと聖羅の下腹部に押しつけていく。

「あんッ、ダメ、それは……。そんな硬いの、いま押しつけてこないで」

「ごめん、でも、もう我慢できない。僕、聖羅のことが大好きなんだ！　だから、誰にも渡したくない。僕だけのモノにしたい。いますぐ聖羅が欲しい。自分勝手なこと言ってるってわかるけど、聖羅と正式にお付き合いしたい。聖羅の恋人になりたい！」

右手も乳房から背中にまわし、両手で美少女を強く抱き締める慎司の口から、不器用な言葉が溢れ出していく。

「私も慎司くんのこと……。だから、すごく嬉しい。でも、お家ではダメ。お母さんに気づかれちゃう」

「じゃあ学校帰りに。月曜日ならお互い部活ないし、放課後にまたこの前の場所で」

聖羅が慎司の想いを受け入れてくれたことで、天にも昇る心地がしていた。

「それはダメだよ。制服であんなところ出入りできないでしょう」

「だったら……」

「焦《あせ》らないで。だから、珠樹と渡辺くんのデートに付き合ったあとなら……」

「あぁ、聖羅……」

頬を赤らめながら囁いてくる聖羅に、またしても胸がキュンッと震えてしまった。

慎司は背中に這わせた両手をすべりおろし、ツンッと張り出した双臀をホットパンツ越しに撫でつけていった。柔らかくも弾力のある尻肉の感触が両手いっぱいに伝わり、美少女に押しつけたペニスが小刻みに跳ねあがっていく。

「あんッ、いまは本当にダメだって。お母さんに気づかれたら、慎司くんだって困るでしょう。だから、いまは私が……」

甘い声をあげつつも、イヤイヤをするように身体をくねらせた女子高生が、両手で慎司の胸を圧すようにして身体を離すと、すっとその場にしゃがみこんできた。

上目遣いに少年を見つめながら、聖羅は両手の指を慎司のパジャマズボンに引っかけると、下着ごと一気にズリさげた。下着につっかえたペニスが、反動をともないぶんっと唸るようにして眼前にそそり立つ。

「す、すごい。本当にこんなに大きくなってただなんて……」

二十日ほど前に初めて胎内に迎え入れた淫茎が、再び裏筋を見せ屹立している。張りつめた亀頭の先端からは早くも先走りが滲み、ツンッと鼻の奥を刺激する牡臭が漂ってきていた。その匂いが、破瓜の痛みと、その後に訪れた悦楽を思い出させ、女子高生の子宮に鈍痛を走らせてしまう。

（ヤダ、慎司くんの硬くしたのを見ただけで、あそこがムズムズしちゃうなんて。私、自分が思っている以上に、本当はエッチな女の子なんじゃ……）

たった一度、オトコを迎え入れただけの肉洞に感じる切なさに、自身の淫蕩さを見た思いがした聖羅の頬が、いっそう赤くなった。

「せ、聖羅……。まさか、握ってくれるつもりなの？」

聖羅の突然の行動に驚いた様子の慎司が、かすれた声で尋ねてきた。

「握るだけで、いいの？」

心臓のドキドキを隠すように悪戯っぽい微笑みを浮かべると、聖羅は右手で強張りの中央をそっと握りこんだ。ガチガチに漲った硬さと、人体の一部とは思えないほどの熱さに、ゾクッと腰が震えてしまった。

「それって……。くっ、あぁ、まさか、家で聖羅に触ってもらえるなんて……」

「慎司くんのこれ、すっごく硬くて、熱いよ。それに、もうピクピクしているのが伝わってきてる。ねえ、これだけでも気持ちいいの？」

太い血管が浮きあがる肉竿を軽くこすりあげた。すると、ペニス全体が小刻みな胴震いを起こし、亀頭先端からは新たな先走りが滲み出してくる。同時に、鼻の奥を衝く性臭も濃くなっていた。

（慎司くんのエッチな匂いで、私の身体まで変な感じになっちゃいそう。たった一度、受け入れただけなのに、こんなに大きく身体の反応が変わっちゃうなんて……）

下腹部に感じる妖しい疼きに、腰が勝手に左右に揺れ動いてしまう。オンナとなった身体に起こった、オトコを求めるような変化に驚きを隠せない。

「うッ、はぁ、気持ちいいよ。聖羅の細くて長い指でこすられると、あっという間に……。でも、我が儘《まま》を言えるなら、オッパイ見ながらされたいよ」

「ほんと、我が儘。でも、ご褒美だもんね。ほんとに特別だからね」

初めての彼氏からの求めに応えるように、聖羅は右手で勃起を優しくこすりつつ、左手でキャミソールの裾を摑むと、そのままグイッとズリあげた。ぷるんっと揺れながら、お椀形の美巨乳がその姿をあらわす。張りのある膨らみの頂上では、濃いピンクの乳首が早くも硬化しはじめているのがわかる。

「あぁ、すっごい。聖羅のオッパイ、本当に大きくって、とっても綺麗だ」

「あんッ、嘘。オッパイ見ただけで、慎司くんのこれ、さらに大きくなった。もう、エッチなんだから」

絡める右手を弾け飛ばしそうな勢いで跳ねあがり、その体積を増したペニスに、聖羅の腰がゾクリッと震えてしまった。オトコを経験した若襞が卑猥に蠢き、肉洞の奥から滲み出した秘蜜が、パンティに小さなシミを作りはじめてしまう。

「だって、本当に聖羅のオッパイ、素敵だから」

「でも、お母さんのオッパイのほうがずっと大きくって、柔らかいんじゃないの？」

(ヤダ、私、これじゃあ、お母さんに対抗心を持ってるみたいじゃない)

口をついた意地悪な質問に、聖羅は戸惑いを覚えた。

「いや、それは、そうなんだけど……。でも、聖羅のオッパイが素敵なことに変わりはないよ」

「ふ〜ん……。いちおう、ありがとうって言っとく」

女心としては「そんなことない。聖羅のほうが素敵だよ」とお世辞でも言ってほしかったのだが、育ちのいいお坊ちゃまの素直さのせいか、慎司はあっさりと熟母の豊乳のよさを認めてしまった。

（もうちょっと答え方っていうものがあると思うんだけど……。まあ、こういう不器用なところも、慎司くんのいいところなのかな）

あばたもえくぼ。惹かれた弱み。聖羅は慎司の素直さが嫌いではなかった。

（お母さんのオッパイが大きいのは私も知ってたことだし、負けるのは仕方ないけど。でも、彼氏としては彼女を褒めるべきよね、やっぱり）

素直さが慎司の美点だとは思いつつ、乳房で母に負けている事実には女としての悔しさもあり、少年の気を少しでも自分に引き寄せたい思いが募ってしまう。

（したことないけど、でも、慎司くんのなら……）

一度小さく深呼吸をし、聖羅は右手に握るペニスの張りつめた先端に向けて、唇を近づけていった。ツンとした牡の香りが強まり、脳がクラッとしてしまう。

「ちょ、ちょっと、沼田さッ、聖羅。なっ、なに、うぉッ！　あぅ、あぁ……」

驚愕の様子を見せた慎司に内心、「してやったり」の思いを抱きつつ、聖羅はふっくらとした唇に先走りでテカる亀頭を咥えこんだ。その瞬間、濃密なオトコの欲望臭が鼻の奥に突き刺さり、思わず両目を見開いてしまった。

「ンぐっ！　むッ、うぅん……」

苦しげな息を吐き、眉間に皺を刻みつつ、それでも初めてのペニスを口腔内へと迎え入れていった。

(うッ、ヤダ、これ。気持ち悪くなっちゃいそう……。でも、これも美味しいと感じる日が来るのかな？)

ピクピクと跳ねる亀頭が上顎の粘膜を刺激し、えづきそうになる。こみあげてきそうになるものを懸命に抑えこみ、強張りを根元まで咥えこんでいく。

「あぁ、せっ、セイ、ら……。くぅ、まさか、聖羅が口でしてくれるなんて……。温かくって気持ちいいけど、無理、しないでよ」

(もう、こんなときに優しい言葉、かけないでよ。私、慎司くんのこういうところに惹かれてるんだ。だから多少無理してでもって……)

愉悦に顔を歪めながらも、気遣いの言葉を送ってくれる少年に、聖羅は心を揺さぶられつつ、ゆっくりと首を振りはじめた。

ギュッ、ヂュチュッ、クチュッ……。不規則でぎこちない摩擦音をともない、唇粘膜が熱く硬い肉槍をこすりあげていった。ちょっと饐《す》えた香りが鼻の奥で広がり、舌には先走り独特の苦みと塩味を感じる。

一方でそれが、聖羅の中のオンナの部分をくすぐってきた。子宮の疼きが増し、蜜壺内で膣襞が妖しい蠕動を繰り返しはじめる。パンティクロッチに漏れる蜜液もその量を増し、いまでは湿り気をはっきりと感じるほどだ。

「はぁ、ほんと、いい。聖羅にしてもらってると思うと、さらに……。ごめん、僕、もうすぐ……」

慎司の腰が切なそうにくねり、その両手が聖羅のピンキーブラウンの髪に絡みついてくる。

（あっ、このままだと口の中に……。でも、いまからティッシュを探すわけには……。いつかはゴックンすることになるだろうし、顔や身体にかけられるよりは……）

階下のキッチンではこの時間、母が家政婦として明日の準備をしているはずだ。母親が仕事をしている上の階で、娘が同級生のペニスをフェラチオしていることへの背徳感が背筋を駆けあがった。それは同時に、美枝子に精液を付着させた姿を見られたくないという思いに繋がっていった。

「ンむっ、ふぅん……。チュッ、クチュッ……」

鼻から苦しげなうめきをあげつつ、聖羅はぎこちなく首を振りつづけた。

「あぁ、聖羅がオッパイを揺らしながら、僕のを咥えてくれているこの光景。凶暴すぎて、ほんとにダメだ……」

　慎司の声が上ずっていく。ペニスが断続的な痙攣を起こしているのを、口腔粘膜がイヤというほどに感じ取っていた。亀頭が何度となく上顎をノックし、そのつどこみあげるものを必死にやりすごす。

（胸を揺らしているのまで、見られちゃうなんて……。でも、そうだよね。お母さんには負けるけど、同級生の中では大きいほうだし、こんなふうに首を振れば自然に……。恥ずかしいけど、これでさらに慎司くんが悦んでくれるのなら……）

　自分がとてつもなくエッチになった気分を味わいつつ、聖羅は首振りの幅を大きくしていった。すると、双乳が重たげに揺れる感覚もはっきりと伝わってくる。

　ビクン、ビクンッと口内のペニスがその脈動を大きくしていた。ぎこちなく絡める舌から直接味わう、饐えた先走りの味も濃くなっている。

「おぉぉ、聖羅。ごめん、僕、もう……。あぁ、でッ、出ッるぅぅぅぅッ！」

　サラサラヘアに絡みつく少年の両手が、ガッチリと頭部を抑えこんできた。直後、グイッと腰が突き出され、喉の奥の粘膜が亀頭にキスをされた。初めての不快感に、聖羅の喉が異物を排除する動きを見せる。その瞬間、慎司の腰に激しい痙攣が起こり、熱い迸りが喉奥を直撃してきた。

「ンぐっ！　むぅぅ、うむンッ、うぅぅ……。うムッ、ふぅ、コク……」

口腔内に広がる熱い欲望のエキス。その独特の味わいに、聖羅の両目は完全に見開かれていた。苦しくなり、少し嚥下した瞬間、あまりの粘度にむせ返りそうになる。しかし、同級生の手でしっかりと頭を抑えつけられていたため、ペニスを吐き出すこともままならない。その上、濃密な牡臭がダイレクトに鼻腔を震わせ、酔わされたように頭がクラクラとしてきてしまう。

（精液って、こんなに濃くって、変な味がするものだったなんて……。これをこの前はあそこに、子宮に直接、受け入れちゃったんだわ。あんッ、ダメ、思い出しちゃ。本当に私、おかしくなっちゃう）

初めての精飲。苦しさに耐えながら、少しずつ慎司の精液を飲みくだしていく聖羅は、子宮に浴びせかけられた感覚を思い出し、ぶるりと腰を大きく揺らした。肉洞の疼きが、こらえがたいレベルに達している。気をしっかりと持っていなければ、母がいる家の中で、挿入のおねだりをしてしまいそうだ。

「くっ、はぁ、あぁ、ごめん、聖羅。口の中に……」

射精の脈動が収まると、慎司がかすれた声で労りの言葉を投げかけてきた。

「ンぱぁ、はぁ、あぁ、うぅぅ……。はぁ、慎司くんの、すっごく濃いから、まだ喉にへばりついている感じがするよ」

ようやくペニスを解放できた聖羅は、悩ましく火照った顔で愛しい少年を見上げ、右手で喉をさすってみせた。

「あぁ、聖羅！」

すっとしゃがみこんできた慎司が、いきなりギュッと抱き締めてきた。少年の温もりに、なんともいえない安心感を覚える。そのため、聖羅も自然と両手を同級生の背中にまわし抱き締め返した。

「愛してるよ、聖羅」

「うん、私も……」

上気した顔で見つめ合い、はにかんだ微笑みを浮かべると、どちらかともなく唇を重ね合わせていくのであった。

2

「うわあぁ〜〜〜〜〜〜っ！」

「キャアァ〜〜〜〜〜〜ッ！」

並んでシートに座る、慎司と聖羅の口からは自然と歓声が発せられていた。

大都会のど真ん中、間近にビルが迫る中、センターリムのない大観覧車の中心部をくぐり抜け、交通量の多い幹線道路と並行して、最高時速百三十キロで疾走するジェットコースター。コースレイアウトもあり、体感速度は実際よりも速く感じられる。

慎司たちの前の座席には、クラスメイトの渡辺と珠樹が並んで座っており、同じように歓声をあげていた。

六月第二週目の日曜日。慎司と聖羅は、交際をスタートさせたクラスメイトカップルの付き添いで遊園地へと来ていた。プールにいっしょに行った青木と美雪にも声はかけられていたのだが、青木は家の用事が、美雪は部活の発表会があり欠席となったため、ダブルデートのような形になっている。

「次はなにがいいかな?」

「た、珠樹が好きなのでいいよ」

ジェットコースターを降りると、同級生カップルは肩を寄せ合うようにして、手にしたマップに仲良く目を落としていた。端から見ても初々しさ満点の様子に、慎司は隣に立つ聖羅と目を合わせ、微笑み合ってしまった。

「なあ、お二人さん。僕と沼田さん、来る必要あったか?」

「そうよ。私たちがいたら、お邪魔でしょう」

慎司がクラスメイトに声をかけると、聖羅もそれに合わせてきた。

「イヤイヤ、最初から二人だと緊張しちゃいそうでさ……。二人がいてくれたほうが助かるんだよ」

「渡辺、お前、少しは守谷さんの気持ちを考えてみろ。せっかくのデートなのに、よけいなのがくっついてきていたら、いい迷惑だろう」

長身の渡辺が身を縮めるように頭を掻く様子に、慎司は諭《さと》すような言葉を返した。

「谷本くん、実は私が渡辺くんに、『谷本くんや青木くんも誘って』って頼んだのよ。大人数のほうが、意識しすぎないでいいかなって思って」

「守谷さんが納得しているなら、いいんだけどね」

彼氏を庇《かば》うような言動の珠樹に、慎司は苦笑気味に頷いた。トリプルデートを持ちかけられた話は聖羅から聞いていただけに、間違いではないのだろう。

「ねえ、せっかくの機会だからさ、聖羅も谷本くんとお付き合いしちゃいなよ。みんなで行ったプール以降、聖羅が谷本くんをチラ見する機会、増えてるし」

「なっ!?　ちょ、ちょっとなに言ってるのよ。そ、そんなことはないわよ……」

オリーブ色をしたAラインのノースリーブワンピースの上から、ベージュのコットンシャツのジャケットを羽織った聖羅が、どこか慌てふためいた様子で珠樹の言葉を否定していく。しかし、その頬はかすかに赤みを帯びており、クラスメイトの言葉があながち嘘ではないことを示していた。

「おぉ、そうだったのか。なんだ、それはいいな。そうすれば、正真正銘のダブルデートってわけだ。どうだ、谷本」

「いや、『どうだ』じゃねえよ」

盛りあがる渡辺に、慎司は呆れ気味に返していった。

「ねえ、谷本くん。正直なところ、聖羅のこと、どう思ってる？」

「いま、ここで答えるのか？」

「そう、せっかくだから」

「なにがせっかくなんだか」

「いいから、答えて」

グイグイッと攻めこんでくる珠樹には、慎司も気圧されてしまったほどだ。

「はぁ、わかったよ。沼田さんのことは、もちろんすごく綺麗な女の子だと思ってるよ。青木が沼田さんとお近づきになりたくて必死になるのも、納得できるし」

「だったら、付き合ってみようよ。今日だけのお試しでもいいし。ねっ、聖羅。本人がいないから言うけど、聖羅って、青木くんのことまったく眼中にないじゃない」

慎司の言葉に、珠樹は聖羅を説得しはじめてしまった。

「青木、失恋か。可哀想に、悪い奴ではないんだが」

「もちろん、青木くんはいい人だよ。でも、聖羅とはたぶん合わないよ」

渡辺のしみじみとした言葉に、珠樹はすっぱりと割り切った口調で返していく。

「ねえ、聖羅。美雪がいない今日は、絶好のチャンスだよ」

「えっ、谷本。お前、なに、沢田さんともいい感じになってるの？」

「なっとらんわ。そもそも、沢田さんが僕に興味があるとは思えないのだが」

いちいち反応する渡辺に、慎司もアホらしさを感じつつ、律儀《りちぎ》に返していく。

「ほら、本人がまだこんなこと言ってるんだから、いましかないって」

「でも……」

困ったような顔でこちらを見てくる聖羅に、胸がキュンッとしてしまった。

(僕と聖羅はすで付き合ってるんだけど、それを告白するわけにもいかないしな)

「わかった、わかった。守谷さんの提案を受け入れて、とりあえず今日は、お試しカップルってことでどうだろう。いいかな、沼田さん？」

「う、うん。まあ……」

慎司の言葉に、聖羅はどこか安堵《あんど》した表情で頷き返してきた。

「よし、これで正真正銘、ダブルデートだな」

「じゃあ、今日はこれから、谷本くんは聖羅のこと、沼田さんって呼ぶのはNGだから」

「そこまでやるのかよ。じゃあ、あの、聖羅さん、でいいかな？」

「うん……」

嬉々とした様子ではしゃぐ同級生カップルに、慎司は苦笑混じりに返し、聖羅もそれに合わせてくれた。

「よし、次は観覧車にしようぜ。もちろん、カップル同士でな」

「あっ、それ、いい！」

渡辺の提案にすぐさま珠樹が乗り、次に乗るアトラクションは観覧車に決まった。

「はぁ……。はしゃいでるよな、渡辺の奴」

観覧車に聖羅と二人で乗りこみ、向かい合わせに座ると、チラリとひとつ前の観覧車に視線を送り、慎司は呆れたように呟いた。

「それだけ珠樹とのデートが、嬉しいってことでしょう。珠樹もいつもよりテンション高めだし。でも、私たち、これがきっかけで本当にお付き合いすることにしましたっていうのは、外向けにはいい言い訳かもね」

「確かに」

都心部の遊園地。観覧車に乗ったところで見える景色はたかが知れており、ビル群の林立を見るだけである。景色のつまらなさを補《おぎな》うためでもなかろうが、なぜか観覧車の中には、カラオケまでもが設置されていた。だが、慎司も聖羅も、マイクに手をのばそうという気にはなれなかった。

「なあ、さっきの沢田さんのこと、どういうこと？」

見るともなしにビル群を眺めながら訪ねると、聖羅の視線が一瞬キツくなった。

「なに、やっぱり美雪のこと気になるわけ？　私じゃなく、美雪のほうがいいの？」

「いや、前にも言ったけど、僕、沢田さんにはあまり興味ないんだよ。聖羅のほうがずっと綺麗だし、いっしょにいて安心できる。ただ、気になっただけだよ」

深く考えもせず、思ったままを口にしたのだが、目の目に座る美少女の顔が一気に耳まで赤くなってしまった。

「ど、どさくさ紛れに、ドキッとすること、言わないでよ。この前みんなでプールに行ったとき、美雪が慎司くん狙い、みたいなこと言ったのよ。珠樹はそれを覚えてたんでしょう。まあ、珠樹はそのときから、渡辺くん狙いだったけどね」

「あぁ、なるほど。だからあの日、本屋に来たとき、機嫌悪そうに沢田さんのことを聞いてきたのか」

「べ、別に、機嫌が悪かったわけじゃないわよ。慎司くん、自意識過剰なんじゃないの？　それに言っておくけど、美雪は彼氏いるからね」

にやつきながら聖羅を見ると、美人女子高生の顔はさらに赤らみ、右手を挙《あ》げ叩くそぶりを見せてきた。そんな態度も、とてつもなく可愛く思えてしまう。

「沢田さんに彼氏がいようがいまいが、僕には聖羅がいればそれでいいよ……。そ、それで、今日なんだけど。帰り、いいんだよね？」

観覧車が頂点に到達し、下降を開始する頃、慎司はこの日のメインイベントについて尋ねた。さすがに声が上ずってしまうのを抑えることができない。

「エッチ。もしかして、身体目当ての関係なの？　一昨日はお母さんとしたくせに！」

「美枝子さんとのことを言われると、返す言葉もないんだけど……。聖羅とのお付き合いが、身体目当てっていうのは絶対に違うよ。こんなふうに楽しくすごせるなら、それで充分に幸せなんだ。でも……」

いまだに頬を染めたまま、悪戯っぽい眼差しで見つめてくる聖羅に、ドギマギさせられつつも懸命に言葉を紡《つむ》いでいく。

「もう、そんなに真剣に答えてくれなくてもいいわよ。お母さんとの件は、私が望んでいることでもあるし。でも、お母さん以外の女の人とエッチしたら、そのときは絶対に許さないから」

「しないよ。それは絶対、誓って言える。だって、聖羅も美枝子さんも本当に素敵な女性だもん。その大切な人たちを裏切りたいとは思わないから」

「まあ、慎司くんがそんなに器用なタイプじゃないのはわかってるつもりだし、信用してるけどね」

「ありがとう」

目鼻立ちの整った顔で優しく微笑みかけてくれた聖羅に、慎司は心底ホッとした表情となった。

「ふふっ……。それで、最初の質問の答えだけど、私もそのつもりでいるよ」

「あぁ、聖羅……」

再び恥じらいの表情を見せた美少女に、慎司は慈《いつく》しみの呟きを漏らすのであった。

「やっぱり、この前のホテルにすればよかったかな……」

聖羅は入ったホテルの室内を見渡し、正直な感想を口にした。

3

観覧車を降りたあともいくつかのアトラクションに乗り、さらにはボーリングも三ゲームほど楽しんだあと、夕方になってこの日のダブルデートは終了。最寄り駅で珠樹や渡辺と別れた聖羅は、慎司と二人で歓楽街の近くにあるラブホテルへとやってきたのだ。

初体験を経験したホテルが、エスニックリゾートをイメージしたモノであったのに対し、この日入ったホテルの部屋は、円形の巨大ベッドが置かれている以外、これといって特徴がなかった。

「前回のホテルのほうが値段も高かったし、やっぱり価格に比例するんじゃないか」

「慎司くんはエッチできれば満足かもしれないけど、女の子にとっては雰囲気も大切なんだからね」

さして興味もなさそうに室内の様子を見ている少年に、聖羅は頬を膨らませた。

「悪かったよ、今度からはちゃんと調べるよ。でも高校生のお小遣いなんだから、あまり期待しないでくれよな」

「まあ、そこはお互いに要相談だよね」

現実的な話に、聖羅もトーンをさげざるを得なかった。

「それより聖羅、ようやく二人きりになれたんだから、家に帰るまでの短い時間、いっぱい気持ちよくなろうよ」

慎司が期待に満ちた目でこちらを見つめてきた。それだけで、聖羅もこれから行われる行為に思いを馳《は》せ、腰をぶるっと震わせてしまった。

「そ、そうだね」

意識すればするほど、心臓が高鳴り、声が上ずってしまう。それでもどちらからともなく歩み寄り、ベッド前で抱き締め合った。

「今日の洋服、とっても可愛いよ。僕のほうが先に家を出たから、待ち合わせ場所にあらわれた聖羅を見た瞬間、胸がキュンッてしちゃった」

「ありがとう。表向きは珠樹と渡辺くんの付き添いだったけど、実際は私と慎司くんの初デートでもあるから、少し背伸びしてみたんだ」

慎司がちゃんとオシャレに気づいてくれたことが嬉しく、少しはにかみながら少年を見つめた。

「本当によく似合ってるよ……」

囁いた慎司の顔が急接近してくる。聖羅が自然と瞳を閉じた瞬間、ふっくらとした唇に恋人の唇が重ねられた。チュッ、チュッと短くも優しいキスをしつつ、少年の右手がコットンシャツのジャケットの上から、左乳房をやんわりと揉みあげてきた。

「あんッ、慎司、くん……」

胸をひと揉みされただけで、聖羅の口からは甘いうめきがこぼれ落ちた。それだけのことで子宮には鈍痛が襲い、早くも肉洞が疼きはじめてしまう。

(オッパイ、触られただけで、こんなに身体が敏感に反応しちゃうなんて。私も慎司くんとの二度目のエッチ、心待ちにしていたところがあったんだわ)

「あぁ、気持ちいい。聖羅のオッパイ、服の上からでも充分大きさが伝わってくる。ずっと待ってたんだ。またこうして、聖羅と二人で……」

右手で乳房を揉みあげつつ、少年の左手が双臀へとおろされ、ワンピースの上から張りのある尻肉を撫でまわしてきた。

「あぅん、ダメ、慎司くん。シャワー、浴びてから」

「そんなの待てないよ。いますぐ、聖羅がほしい」

そう言うと慎司がグイッと腰を突き出してきた。下腹部にいきり立つ物体が押しつけられ、聖羅の腰が再びざわめく。

「あんッ、そんなの押しつけてもダメなんだから。シャワーは浴びさせて。お願い」

「だったら、いっしょにシャワー、いい？」

「そんなに我慢できないの？」

火照った顔で見つめてくる少年に、聖羅は蠱惑《こわく》の微笑みを送った。

「できない。本当はいますぐベッドに押し倒して、聖羅の膣中にこいつを……」

「はぅンッ、わかったわよ。だから、そんなに腰振らないでよ。エッチ」

（お母さんと何度もエッチを経験しているはずなのに、こんな積極的に求められたら、私のほうが、なんとかしてあげなきゃって思っちゃうじゃない）

ペニスをこすりつけるようにしてくる慎司に、聖羅の中の母性がくすぐられる。そのため、恥ずかしくはあるが、いっしょにシャワーを浴びることを承諾《しょうだく》したのだ。

「ほんとに聖羅の身体、とてつもなく綺麗だ……」

脱衣所で恥ずかしげに服を脱いだ聖羅に、慎司の口から感嘆の声がもれた。

美しいお椀形をした見事な双乳、細く深く括れた腰回り、ツンッと無防備に張り出したヒップから、スラリとのびた長い美脚。さらに顔立ちも人目を惹く美形とくれば、もう溜め息しか出ない。こんな美少女が自分の恋人とは、夢でも見ているのではないかとさえ思える。

「慎司くんのも、すごいね。もう、そんなに大きく……」

「聖羅の裸を見たら誰だって……。さあ、いっしょにシャワーしよう」

下腹部に張りつかんばかりにそそり立ち、裏筋を見せつけている勃起ペニスに注がれる視線に腰を震わせながら、慎司は聖羅の手を取って浴室へと入った。

部屋が普通なら、浴室も普通であった。聖羅の初めてをもらったホテルは、円形のジャグジーバスが設置されていたのだが、こちらは一般家庭で見かけるユニットバスといった感じだ。

「やっぱり、特別感ないね……」

「うん。特別感とか出すなら、それこそ温泉とか行ったほうが早いかもね。いつか美枝子さんと三人で行こうよ」

浴室にも落胆した様子の聖羅に、慎司はそんな提案をしつつ、シャワーを出した。

「温泉に行っても、別にいっしょに入るわけでもないし、エッチだって……」

「確かにエッチは難しいと思うけど、混浴なら……」

「ふ〜ん……。私やお母さんの裸、ほかの男の人に見られてもいいんだ」

水がお湯に変わるのを待つ間、聖羅が試すような目で見つめてきた。

「そ、それは絶対にダメだ！　聖羅のこの素敵な身体も、美枝子さんの裸もほかの人に見られたくないよ。そうだ、だったら、貸し切り風呂とか……」

目の前に全裸で立つ美少女を見つめつつ、脳内ではすでに何度も身体を重ね合わせた熟女家政婦の裸体が思い出されていた。美人母娘のゴージャスな肉体を見ず知らずの男の目に晒すなどありえない。

「私と慎司くんが、こんな関係になっているって知らないんだから、お母さんが許すわけないでしょう。きっと丁重なお断りが来るわよ。まあその後、私に隠れて、お母さんは二人で入ってくれるかもしれないけどね」

母親の性格を読んだ聖羅の言葉に、慎司もおおむね同意できた。

「だったらなおさら、いまこの瞬間を楽しまないとだね。聖羅と一緒のお風呂なんて、なかなか経験できないんだから」

すでに湯煙をあげているシャワーヘッドをフックから外し、慎司はその水流を優しく聖羅の肌に浴びせていった。

「匂いでお母さんにバレるわけにいかないから、石けんが使えないのは痛いわね。まあ、この前もそうだったけど」

「それは仕方ないよ。それに、僕は聖羅の身体に汚いところはないって思ってるから、そのままでもよかったのに」

「女の子はそうはいかないの。それに私、洗ってないオチ×チン、触るのイヤだからね。この前、お口でしてあげたのだって、お風呂に入ってたの知ってたからだし」

慎司が水流を当ててると、そこを手のひらでこするようにしていた聖羅が、チラッと勃起に視線を落とした。

「わかってるよ、ちゃんと綺麗にするよ」

水流を勃起に向け、張りつめた亀頭から肉竿までこすり洗いする。早く解放してくれと急かすように、小さな胴震いを起こしつつ、鈴口からは先走りが滲み出していく。切なそうに腰を揺らしつつ、慎司はシャワーヘッドを改めて聖羅の豊かな双乳へと向かわせた。ぷるんっと弾力ある膨らみが、女子高生の手で撫でつけられていく様子に、ゴクッと生唾を飲んでしまった。

「エッチ」

「し、仕方ないだろう。聖羅のオッパイ、本当に素敵なんだから」

悪戯っぽい目をした美少女に、頬がカッと熱くなるのを感じた慎司は、手にしたシャワーヘッドをいきなり女子高生の股間に向けた。

「キャッ！　あんッ、し、慎司くん。いや、いきなり、そこは……」

身をくねらせた聖羅が、水流から逃れようと内股となり、腰をひねった。その痴態の悩ましさに、慎司の興奮がさらに高まる。呼吸が荒くなっていくのを意識しながら、いったんシャワーを止め、ヘッドをフックに戻すと、すっと女子高生の足もとにしゃがみこんだ。

「えっ？　慎司くん……？」

「脚、開いて。僕に聖羅の綺麗なあそこを見せてよ」

「で、でも……」

「お願い」

困惑気味の聖羅に訴えかけるような眼差しを向けると、美少女は恥じらいを覚えた様子ながら、おずおずと脚を開いてくれた。

水滴を弾く玉肌。内腿の付け根では、一度しかオトコを受け入れたことのない秘唇がひっそりと佇んでいる。その透き通った美しさに、慎司は完全に心を奪われてしまった。

「は、恥ずかしいよ……。そんなジッと見ないで」

「ごめん、でも、本当に信じられないくらい、綺麗だ。この前はここに僕のを迎え入れてもらえたなんて、いまだに信じられないよ。もしかして、聖羅も濡れてる？」

「バカ！　ぬ、濡れているわけ、ないでしょう。お、お湯よ。慎司くんがそこにシャワーかけるから、それで……」

赤みを帯びていた美少女の顔が、さらに朱《あけ》に染まったのがわかる。

（もしかして、本当に濡れちゃってるのかも。そう思うと、なんだか甘い匂いが鼻をくすぐってくる気がするよ）

「嘘はダメだよ。甘酸っぱいいい匂いが、聖羅のここから漂ってきてるんだから」

「し、知らない！　そんなこと言うんなら、もう見せてあげないから。私のそこを見られるのも、硬くなったのを、入れられるのも、この世界で慎司くんだけなのに」

「ごめん、聖羅。もう言わないから、許して」

可愛く頰を膨らませ、脚を閉じようとする女子高生に謝ると、慎司は両手で細く括れたウエストを摑み、美しすぎる秘唇に唇を寄せると、ペロッと舐めあげた。

「はンッ！　しっ、慎司、くン……」

ピクッと腰を震わせた聖羅の両手が、慎司の髪の毛をクシャッとしてくる。

チュッ、チュパッ、チュプ……。突き出した舌で口を閉ざすスリットを舐めあげていくと、お湯とは明らかに違うヌメリと、ほのかな甘みが味蕾《みらい》に広がってきた。

（聖羅も興奮してくれてたんだ。だから、こんなに甘い蜜を……。やっぱり母娘でも美枝子さんの濃厚でむせ返るような味とは違うんだな。聖羅のは甘さが強調されてて、すっごく飲みやすい感じだ）

丹念《たんねん》に、労るように女子高生の女陰を嬲り、溢れ出す蜜液を喉の奥へと流しこんでいく。

「はぁン、ダメ、慎司くん、そんなにペロペロされたら、私、腰が抜けちゃう」

（いいよ、抜けちゃって。聖羅にいっぱい気持ちよくなってもらえるように、僕、頑張るから。だからもっと、聖羅のエッチな声を聞かせて）

髪の毛を掻きむしってくる聖羅に、慎司は心で語りかけながら、せっせと舌を動かしつづけた。

「もう、私の言うこと、はぅンッ、聞いて……。あぁ、ほんとにおかしくなっちゃッ！　あぅっ、はッ、あぁ～～～～ン……」

切なそうに腰を左右に揺らす女子高生の口から甲高い喘ぎが迸り、浴室に反響していった。それまでは口を閉ざしている淫唇を舌先で解《ほぐ》すようにしていた慎司が、秘唇の合わせ目で小さくも存在を主張しはじめた突起に、チュパッと吸いついたのだ。

（すごい。この前もここを舐めたとき、鋭い反応だったけど、本当に敏感なんだ）

両手を這わせている細腰が断続的な痙攣を起こしているのを感じつつ、慎司は小粒なクリトリスを舌先で嬲っていった。コリッと充血したポッチの舌触りのよさに、自然と力がこもっていく。

「ダメ、うンッ……。意地悪、しないで。慎司くんと、いっしょがいいの……」

「ンぱぁ、はぁ、聖、ラ……」

喘ぎながらも切々《せつせつ》と訴えかけるような聖羅の声に、胸が甘く掻きむしられ、慎司は秘唇から顔を離した。

「あぁん、はぁ、慎司くん。お願い、いっしょに……。一人はイヤなの」

快感に蕩けた顔を晒す美少女が、悩ましく潤んだ瞳で見下ろしてきた。その表情を見た瞬間、慎司の背筋がゾクゾクッと震え、完全勃起のペニスが大きく跳ねあがった。

「あぁ、いっしょだよ……。いっしょに思いきり、気持ちよくなろう」

立ちあがった慎司は、陶然とした顔の女子高生をギュッと抱き締めた。火照った肌の柔らかさと、なめらかさがダイレクトに感じられる。下腹部に押しつけたペニスも、玉肌の心地よさにピクッと震えていた。

「あんッ、すっごい、慎司くんの硬いのがお腹に……。ねぇ、ベッド、行こう」

「ベッドまで待てないよ。だから、ここで……。さあ、こっちにお尻を向けて」

恥じらいながらも甘いおねだりをくれる聖羅に、胸をキュンッとさせられながら、慎司はこの場での性交を求めた。

「こ、ここで？　ねぇ、もしかして、お母さんとお風呂でしたこと、あるの？」

「えっ？　ないよ。そもそも美枝子さんといっしょにお風呂、入ったことないもん」

戸惑ったように尋ねてくる聖羅に、慎司は首を左右に振って否定した。

「じゃあ、こういうところでエッチするの、私が初めて？」

「うん、聖羅が初めて」

「それなら、許してあげる」

ふっと一瞬頬を緩めた美少女が、チュッと軽くキスをしてきた。慎司が抱擁を解くとクルッと向きを変え、浴室の壁に手をつき、ぷりんっとしたヒップをこちらに突き出してきた。

「あぁ、聖羅……。ほんとに色っぽくて綺麗だよ」

グググッと深く括れた腰から、ツンッと張り出したヒップへのラインの美しさに、思わず溜め息が漏れてしまう。さらに肩幅より少し広めに開いて美臀を突き出してくれていることで、しっかりと潤いながらも密やかさを失っていない秘唇はもちろん、セピア色の肛門までもが視神経を刺激してきた。

「こんな格好、本当はすっごく恥ずかしいんだからね」

顔をこちらに向け濡れた瞳で見つめてくる聖羅が、この上なく愛しく感じる。

「ごめんね、我が儘を聞いてもらって。でもその分、聖羅にもいっぱい気持ちよくなってもらえるように頑張るから、許して」

慎司は右手でいきり立つペニスを握ると、左手で女子高生の細腰を摑んだ。ゴクッと生唾を飲みこみ、大量の蜜液を漏らしながらも、硬く口を閉ざす美しい淫裂に亀頭先端を向けた。

「私、二回目なんだから、優しくしてよね」

「わかってる。痛くないようにするから。じゃあ、イクよ……」

緊張を滲ませる女子高生に頷き、慎司は張りつめた亀頭を濡れたスリットに押し当てた。艶めかしい粘膜が触れ合った瞬間、二人の身体が同時にビクッとなる。閉じられた膣口を探るように肉槍を小さく動かし、亀頭先端で淫唇を撫であげていく。

「あんッ、慎司、くん……」

「聖羅のあそこにこすりつけているだけで、とっても気持ちいいよ」

切なそうに腰をくねらせる聖羅に、慎司が愉悦に顔を蕩けさせながら答えた直後、ンヂュッと粘つく音を立て、亀頭が肉洞の入口を探り当てた。

「挿れるよ、聖羅」

優しく囁き、慎司はグイッと腰を突き出した。

グヂュッとくぐもった音を立てながら、狭い淫壺にペニスがもぐりこんでいく。

「あッ、うんっ、はッ、あぁ〜ン……」

「くっ、あぁ、入った……。また僕のが、聖羅の膣中に。はぁ、キッツい……。大丈夫、聖羅？　痛くない？」

甘い喘ぎをあげつつも身体を強張らせた聖羅に、慎司は硬直を締めつける膣圧に圧倒されながら尋ねた。

(す、すごい！　聖羅のここ、やっぱりとてつもなく狭くてキツい……。それに、襞々が四方八方から絡みついてくる感覚も強烈で、美枝子さんとはまったく違うから、すぐにでも出ちゃいそうだよ)

セックス自体にはだいぶ慣れてきたと感じる部分もあるが、熟女家政婦の優しく締めつけてくる肉洞で甘やかされているペニスには、女子高生の蜜壺の狭さと締めつけの苛烈《かれつ》さはまったくの別物であり、気を抜いた瞬間に白濁液を噴きあげてしまいそうな感覚がつきまとっていた。

（慎司くんの大きいので、膣中、思いきり広げられちゃってる。すっごく熱くて硬いのが、襞を通して伝わってきてる。でも初めてのときみたいに痛くはないかも）

「だ、だいじょう、ぶ……。あそこが思いきり圧し広げられているのがわかるけど、この前みたいな強烈な痛みはないわ」

根元まで強張りが圧しこまれた瞬間は息が止まりそうになった聖羅であるが、すでに一度受け入れていたからか、挿入に際しての痛みはほぼなかった。しかし、膣内を埋め尽くす圧倒的な肉の存在感はすさまじく、自然と眉根が苦しげに寄ってしまう。

「よかった。あぁ、聖羅のここ、こうして挿れさせてもらっているだけで、まったく腰を動かさなくても、すぐにでも出ちゃいそうだよ」

ホッと安堵の息をつく慎司が、両手でしっかりと細腰を摑み、囁いてきた。

「ほんと？　私のあそこ、慎司くんを満足させられてるの？」

「当たり前だよ。こんな気持ちのいいオマ×コ、満足しない男なんていないよ」

愛しい少年は、悔しいが熟母とすでに何度も身体を重ねているのだ。大人のオンナを経験している恋人が、自分の若いだけの肉体で本当に悦んでくれているのか、心配な部分があった。それだけに、慎司の言葉には単純にオンナとしての悦びがこみあげ、キュンッと肉洞が締まってしまった。

「くほッ、またいちだんと締めつけが強く……。はぁ、そんなに強烈に締めつけられたら、本当にこのまま、なにもしないうちに、出ちゃうよ」

「慎司くんが変なこと言うからでしょう。私のあそこは慎司くんだけのモノなのに、ほかの男の人なんて……。それって、私がほかの男の人を気持ちよくしても、気持ちよくしてもらっても、いいってこと？」

照れ隠しもあり、ついつい強い口調で文句を言ってしまった。

「ダメだ、そんなの。くっ、絶対に許さない。聖羅のここは僕だけの……。はぁ、絶対誰にも渡さないよ」

言うなり、慎司はいきなり腰を前後に振りはじめた。チュッ、グチュッと湿った摩擦音を立て、いきり立つ強張りが狭い肉洞内を往復していく。

「はンッ、ダメ、そんな、いきなり、動かないで……。あぁん、膣中がこすられて、うんっ、ジンジンしちゃうよぅ」

張り出した亀頭で膣襞をこすりあげられた瞬間、聖羅の脳天に鋭い快感が突き抜けていった。背中が弓なりに反り、浴室内に甘い嬌声が反響していく。

「うはッ、あぁ、気持ちいい……。やっぱり聖羅の膣中、とんでもなくエッチで気持ちいいよ」

「わ、私は別に、エッチなんかじゃ……。あんッ、ダメだよ、そんな力強くズンズンされたら、おかしくなっちゃうよぅ」

「なってよ……。エッチな聖羅を、僕だけに、見せて！」

細腰を摑む慎司の両手に力がこもったのを感じた直後、少年の腰の動きがピッチをあげた。秘所からこぼれる粘つく摩擦音が大きくなっていく。さらに張りのある美臀に腰が叩きつけられると、ベチンッと乾いた衝突音が起こり、子宮が前方に押し出されるような初めての感覚が襲ってきた。お椀形の豊乳が、ぷるんぷるんっと円を描くように揺れ動いていく。

「あんッ、あっ、あぁん、はぁ、し、慎司くん、激しいよ。そんな強くされたら、私のあそこ、うんっ、壊れ、ちゃう……」

（ヤダ、これ、とっても気持ちいい。もしかして二度目のエッチでもう、私のあそこ、慎司くんにエッチされて悦んじゃってるの？　本当にこれじゃあ、エッチな女の子みたいじゃない）

身体が震えるほどの愉悦に、聖羅は再び自身の淫蕩さを見た気がしてしまった。しかし、そんな恥じらいの気持ちとは裏腹に、逞しい肉槍が膣内を往復すると、オンナの本能として、ペニスに絡みつこうとする入り組んだ柔襞が力強くしごきあげられ、めくるめく快感が全身を駆け巡っていく。

「あぁ、聖羅、好きだよ！　聖羅と出会えて本当によかった。くぅぅ、美枝子さんといっしょにウチに来てくれて、はぁ、ありがとう」

「あんッ！　いや、いまそんなこと、お母さんのこと、持ち出さないで」

母の名前を出されたことに、聖羅の心がゾクッとした。熟母に隠れて同級生と、それも同居している少年とホテルで身体を交えている現実に、背徳感がこみあげてきてしまう。

「うはッ、すっごい、聖羅のここ、さらに締まるなんて……。あぁ、ヤバイ、我慢できなくなっちゃうよ」

「あぁん、わかる。大好きな慎司くんの硬いのが、私の膣中で、ピクピクしてるのが伝わってきてる。私、最初話を聞いたときはすっごくイヤだった。同い年の男の子との同居なんて、惨《みじ》めなだけだって……。あぅンッ、でも、慎司くんと会って、私やお母さんのこと常に気遣ってくれるあなたに、不思議なほど惹かれていったの……」

慎司の律動による愉悦に全身を震わせながら、聖羅は悩ましく柳眉《りゅうび》を歪めた顔を愛しい少年に振り向けた。

「それは僕もいっしょだよ。見ず知らずの人と住むのは、くっ、抵抗、あったよ。だけど、美枝子さんは素敵な女性だし、聖羅も、あぁ、とってもいい子で、優しい女の子なんだってわかったら。急に、どうしようもなく、気になっちゃったんだ」

囁くように返してきた慎司が腰を掴んでいた両手を離すと、強張りを根元まで肉洞に埋め、背中に上半身を密着させてきた。そして両手を張りのある双乳に被せると、豊かさと弾力を楽しむように、捏ねあげてきたのだ。

「あんッ、慎司、くん……」

蜜壺からの鋭い快感と、乳房から伝わる心地よい愉悦に自然と甘いうめきがこぼれ落ちた。気持ちよさを伝えるように、キュンキュンッと肉洞が収縮し、ペニスを絞りあげていく。

「くッ、おぉ、すっごい。ほんとに聖羅のここは、なんでこんなに気持ちがいいんだ!」

「あぅん、私も気持ちいいよ。慎司くんの硬いので膣中こすられると、腰が抜けちゃうような、宙に吊りあげられちゃうような、不思議な感じになるの」

「きっと僕と聖羅はすごく相性がいいんだ。だから、こんなに……」

かすれた声で囁いた慎司が腰を小刻みに前後させ、ペニスで膣内を抉《えぐ》りこみつつ、双乳を揉みこんでいた両手の内、右手だけを下腹部へとすべらせてきた。少年の熱を帯びた指先で腹部を撫でられると、それだけで背筋がざわついてしまう。

「あんッ、慎司くん、すごいよ。硬いのでこすられるのも気持ちいいし、オッパイ、揉まれるのも好きになっちゃッ！　はぅッ！　ガッ！　ヤッ、らっ、ダメぇぇぇぇ」

腹部を撫でた少年の指が、陰毛をくすぐるように秘唇の合わせ目へと這わされた。小粒ながらも球状に硬化していたクリトリス。そこを優しく指先で転がされた瞬間、聖羅の腰がビクンッと激しく震え、浴室内に大きく反響する絶叫がとどろいた。目の前が一瞬にして真っ白になり、膝がガクッと折れそうになる。

「ぐほッ、あぅっ、ダメ、その締めつけは、僕のが潰れちゃう……。あぁ、ごめん、聖羅。僕、もう……。このまま膣中に出しちゃっても、いい？」

「えっ？　うん、いいよ。この前みたいに慎司くんの熱いの、いっぱい膣奥に注ぎこんでいいから。だから、そこは……」

（あぁん、私、おねだりしちゃってる。二回目のエッチで、もう膣中に注がれたいだなんて、とんでもなくいやらしい女の子みたい。でも、ダメ。硬いので襞をこすられると、ほんとにもう、どうでもよくなってきちゃう……）

クリトリスへの刺激で一気に息が荒くなった聖羅は、熱い迸りが子宮を襲う感覚を思い出し、総身をぶるっと震わせた。すると蜜壺がいっそう締まりを強め、反抗するように逞しいペニスが、ググッとさらに肉洞を圧迫してくる。

「おぉぉ、聖羅、ダメだ、もうほんと……。あぁ、出る！　あぁ、聖、ラぁぁぁぁッ！」

ズンッと強烈なひと突きが見舞われた直後、膨張しきった亀頭が弾け、猛烈な勢いで吹き出した欲望のエキスが、子宮に襲いかかってきた。

「ンはぅ、あぁ、出てる！　慎司くんの熱いのがまた膣奥に……。あぁん、ダメ、私も、変に、うンッ、おかしくなっちゃうぅぅぅぅッ！」

射精しつつも、淫突起への刺激をつづけてきた慎司に、聖羅も一拍遅れの絶頂へと導かれた。全身が激しく痙攣し、頭が真っ白になる。

「うわっ！　せ、聖羅？」

慎司の驚き声を遠くに聞きながら、意識がすっと遠のいていった。


「んっ？　う〜ん……」

目を開けると見知らぬ天井であった。背中に感じる適度な硬さと柔らかさから、どうやらベッドに横たわっているらしい。

(そうか、私、お風呂で気を失っちゃって、それで……)

「よかった、気がついた。大丈夫？　聖羅」

安堵した少年の声に横を向くと、全裸の慎司が優しい微笑みを浮かべてくれた。

「慎司、くん……。キャッ！」

上体を起こした直後、肌にかけられていたバスローブがすべり落ち、お椀形の美巨乳がポロンとあらわになった。すると、さっと慎司が目をそむけたのがわかる。

「別に見てもいいよ。というか、慎司くんにさんざん揉まれたオッパイだし。ごめんね、迷惑かけて。ベッドに運んでくれたんだね」

聖羅は思わず苦笑を浮かべて軽口を送ると、浴室から円形の巨大ベッドへと運んでくれた少年に礼を述べた。

「全然たいしたことじゃないよ。聖羅が大丈夫なら、それが一番だから。あっ、そうだ、お水、飲みなよ」

「ありがとう……。もう、慎司くんのオチ×チン、なんでそんなに大きなままなの？もしかして意識を失っている私に、悪戯でもしてた？」

いったんベッドをおり、ミネラルウォーターのペットボトルを手に戻ってきた慎司。その下腹部では、ペニスが天を衝く勢いであることに驚いた聖羅は、冷たい水で喉を潤すと、からかいの眼差しを愛しい少年に送った。

「ま、まさか、眠っている聖羅にそんなことしないよ。ただ、バスローブが落ちて、素敵な裸が目の前に……。だから、でも、ごめん」

「ううん、全然いいよ。慎司くんになら、私、なにをされても平気だよ」

慎司の素直な態度に、自然と頬が緩んでしまう。その直後、淫唇に違和感を覚え、思わず右手をそこに這わせた。

「あっ、ごめん、いちおうシャワーで流したんだけど。膣中までは……」

指先に感じたもの、それは先ほど少年が吐き出した白濁液と、自身の淫蜜が混ざり合った特殊な粘液であった。

「ううん、平気、本当にありがとう。ねえ、慎司くん、それ、そのままじゃ辛いよね……？」

慎司の優しさを改めて感じた聖羅は、チラリといきり立つペニスに視線を向けた。

「あっ、いや、大丈夫だよ。時間が経てば自然に……」

「ダメ、私のここで気持ちよくなって」

聖羅はそう言うと両脚を広げ、膝を立てて、秘唇を少年に晒していった。

「せ、聖羅……」

「私のここ、自由にできるの慎司くんだけだよ。慎司くんのそれを気持ちよくする場所なんだから、遠慮しないで、来て。今度はベッドで、ちゃんと愛して」

（あぁ、私本当にエッチなこと言ってる。でも、これくらいは。お風呂からここに運ぶの絶対大変だったもん。だったらそのお礼は、私のここで……）

積極的にオトコを求めることへの羞恥はあるが、慎司の想いに報《むく》いたいという気持ちが聖羅の中で大きくなっていた。

「ほ、本当にいいの？」

「うん、来て」

「あぁ、聖羅……」

ウットリとした呟きを漏らした少年が、ベッドにあがってきた。聖羅があおむけになると、開かれた脚の間に身体を入れてくる。屹立する硬直を握り、身体が重ね合わされた。

かすかに口を開け精液を逆流させていた膣口に亀頭があてがわれ、グイッと腰が突き出されてくる。ニュジュッ、粘つく音を立て逞しいペニスが再び肉洞を満たした。

「あぁん、慎司、くん！」

「おぉぉ、気持ちいい……。やっぱり聖羅のここは最高だよ！」

喜悦に顔を歪め見つめ合うと、すぐさま慎司に唇を奪われてしまった。

（あぁ、好き。慎司くんにキスされるのも、エッチされるのも、大好き。これからもずっと……）

慎司への思いを再認識しつつ、聖羅は少年の首に両手を回し、積極的に舌を絡めると、オンナの本能で腰を揺らめかせるのであった。

第五章　淫欲まみれの3Pハーレム

1

（そろそろお帰りになる頃だわ。私も準備をしないと）

金曜日の午後三時半すぎ。谷本家の二階キッチンで夕食の下準備を早めに行っていた美枝子は、壁に掛けられていた時計を見た瞬間、そわそわとした気分になった。あと三十分ほどで慎司が帰宅してくる。それまでに美枝子自身の準備も整えておかなくてはいけないのだ。

下処理した野菜などをいったん冷蔵庫にしまい、しっかりと手を洗ってから一階にある居室へと向かった。二人用の小さなテーブルとシングルベッド、それに整理棚がひとつ置かれただけの六畳の洋室。谷本家に住みこんで以来使っている部屋は、けっして広くはないが、ウォークインクローゼットもついているため使い勝手はいい。さらに、隣の六畳の洋間を聖羅用にあてがってもらえていることも、年頃の娘のことを考えると大変にありがたかった。

美枝子はクローゼット内のチェストから替えの下着を手に取ると、再び二階に戻り浴室へと向かった。毎週金曜日の聖羅が部活を終え帰ってくるまでの間が、美枝子と慎司の秘密の時間であった。慎司のほうが確実に娘より先に帰宅するのは金曜だけであり、聖羅が帰宅するまでの二時間ほどが、美枝子がオンナに戻る時間でもある。

(最初は聖羅と間違いを犯さないためにと思っていたけど、いつしか私のほうがこの時間を心待ちにしてしまっているような……。いい年をした大人が高校生の男の子とのエッチを楽しみにしているなんて、許されることじゃないのに)

ゴールデンウィークの別荘で慎司の童貞を奪って以来、特段の理由がない限りは娘と同い年の少年と肉体関係にある美枝子。若い二人が間違いを犯さないようにという当初の思いは徐々にうすれ、いまでは単純に雇い主の息子との逢瀬《おうせ》を楽しみにしている自分がいる。そのことに複雑な感情はあるのだが、夫を亡くして十年、まったく満たされることなくすごしてきた熟女のオンナの部分が、最近のこの充実感を逃したくないと感じているのも事実であった。

(とにかく聖羅にはバレないように、慎司さんに満足してもらえるように、その二点だけは忘れないようにしないと)

手早く裸になり浴室へと入った美枝子は、すぐにシャワーを浴びた。間をおかずにお湯が出てくると、シャワーヘッドをフックから外し、ざっと身体を流す。娘が帰宅してくることを考えると、ボディソープの匂いをまとわせておくわけにもいかず、さっとお湯を当てることくらいしかできないのは不満に思うところではあるが、バレるわけにはいかないだけにいたしかたない。

(慎司さんとエッチするようになって、なんだか身体に張りが戻ってきたような気がするわね……)

砲弾状のたわわな膨らみ。その下乳に手をあてがい、ずっしりとした量感を確かめるようにひと揉みすると、ただ柔らかいだけではない張りが肌の内側から主張してくる。週に一度の禁断のエクササイズのたまものか、ウエストの括れも以前より少し深くなっており、スカートの腰回りが緩く感じるようになっていた。乳房同様に豊かな双臀も少し垂れ気味であったお肉があがり、ヒップアップ効果が出ている。

(本当はいけないことなのに、オンナの悦びを思い出してしまった身体はもう後戻りできないところまできているのがわかる。でも、慎司さんとの関係はいつまでもつづけていけるものではないし、いまはよくても、この先は考えないとダメね）

遅かれ早かれ慎司との関係が終わりを迎えるのは明白だ。それが聖羅に関係が露見したときなのか、それとも家政婦を辞めるときなのかはわからない。しかし、そのときの喪失感を思うと怖くなってくる。だがいまはまだ、男子高校生との禁断の関係をつづけていけるのだ。そう思うと、性欲旺盛《おうせい》な少年の逞しいペニスで貫かれることを心待ちにする肉洞が、妖しく蠕動を開始してしまった。

「あんッ、ヤダわ、私ったら、もうこんなにあそこを疼かせてしまうなんて……」

もしかしたら慎司よりも、美枝子のほうがこの関係を望んでいるのではないか。そう考えると、いい年をした大人の女性として恥ずかしくもなってくる。

「慎司さんのせいですよ。ずっと忘れていた感覚を思い出させたんですから、責任、取ってくださいね……」

本人の前ではけっして口にできない本音をこぼしつつ、美枝子はもう一度全身をシャワーで流すと浴室をあとにした。

「ただいま、美枝子さん」

慎司が階段を駆けあがりリビングに姿をあらわしたのは、美枝子が浴室から戻って十分も経たない頃であった。

「お帰りなさいませ。今日はいつもよりお早いですね」

「うん、いつもより二本前の電車に乗れたからね。それよりも美枝子さん……。あの、きょ、今日もいいですか？」

額にうっすらと汗を滲ませる少年が、どこかおそるおそるといった様子で尋ねてきた。すでに何度も肉体を重ねているが、慎司が傲慢《ごうまん》な態度を見せることはなく、常に美枝子に確認を求めてくれた。その気遣いが、熟女の母性をくすぐってくる。

「もちろんです。慎司さんさえよろしければ、私はいつでも」

「ありがとう、美枝子さん。じゃあ、僕、部屋に荷物を置いたら、すぐにシャワーを浴びてきます」

パッと顔を輝かせた少年は、軽《かろ》やかな足取りで三階の自室へと向かっていった。

(私のほうが求めているのに、慎司さんのせいにしてしまっているあたり、私もずるい女ね。慎司さんが素直だから、よけいそれが強調されているように感じるわ)

少年の素直さと大人のずる賢さの対比を思うと、申し訳ない気分になる。

(でも、その分、私も精一杯ご奉仕して慎司さんにご満足いただければ、せめてもの罪滅ぼしにはなるかもしれない……)

慎司がシャワーを浴びリビングに戻ってくるまでの間、美枝子はダイニングの椅子に腰をおろし、そう自分に言い聞かせていた。

「美枝子さん」

声をかけられハッと顔をあげると、Tシャツに膝丈のショートパンツに穿き替えた慎司が、リビングの入口でこちらを見ていた。

「あっ、すみません、気づきませんでした。すぐに慎司さんのお部屋に」

「大丈夫ですか?　もし具合が悪いようなら今日は……。美枝子さんに倒れられたら、本当に困っちゃいますし、聖羅さんもすごく心配すると思うので」

慌てて椅子から立ちあがった美枝子に、慎司は本当に心配そうな顔を浮かべ、気遣いの言葉を送ってきた。

「ご心配をおかけして、申し訳ありません。でも、身体はまったくの健康ですから」

「それならいいんですけど……」

(聖羅の同級生とは思えないほど、ほんとしっかりしているわね。常に相手への気遣いを忘れないなんて、高校生の男の子が一朝一夕《いっちょういっせき》にできることではないわ。きっと小さい頃から、奥さまに言われて習慣づいているんでしょうね。あぁ、奥さま、申し訳ありません。私は今日もまた、大切な息子さんと……）

高校生とは思えない気遣いを見せる慎司には感心してしまう。それと同時に、託されている少年との禁忌《きんき》に、美枝子は背筋を震わせた。また、幼少時から慎司が受けているであろう〝谷本家嫡男《ちゃくなん》としてのプレッシャー〟を思うと、自分とエッチするときはすべて忘れて、たっぷりと甘えてほしいと思えてしまうのだ。

「本当にありがとうございます。それと慎司さん、聖羅のことを口にするのは……」

「あっ、そうでしたね。ごめんなさい。エッチのときは、いったん聖羅さんのことは忘れようってことにしてたんですよね。美枝子さんが大丈夫なら、僕はそれだけで嬉しいので、すぐに忘れます」

おどけたように言った慎司が、満面の笑みを浮かべた。

「お願いします。それでは、今度こそ本当に慎司さんのお部屋に」

大人びた態度の少年が見せるあどけなさに、美枝子の母性はずっとくすぐられつづけていた。胸がキュンッとすると同時に、下腹部にはモヤモヤが募っていく。

「あの……。今日はここで、いいですか？」

「うふっ、もちろんです。慎司さんの望まれる場所で。でも、レースのカーテンだけは閉めさせてください。万一があっては困りますから」

ゴールデンウィーク以降は、普通に食事をし、寛《くつろ》がせてもらっているリビング。娘も普通に使っている場所で少年に抱かれる背徳感に、熟女の腰がゾワッとした。それでも美枝子は、周囲から覗かれる可能性を低くするため、南に面した大窓のレースのカーテンを閉めた。

「美枝子さん！」

ダイニングテーブル前に戻ると、慎司がいきなり抱き締めてきた。若い男の子の匂いにキュンッとしてしまう。

「あんッ、慎司さん、そんなに慌てなくても」

「だって、美枝子さんとエッチできるのは週に一度だけだから」

早くも上気した顔を見せる少年に母性を揺さぶられつつ、美枝子は求められるままに唇を重ね合わせていった。

「ンぅん……」

美枝子の鼻から甘いうめきが漏れた。慎司の右手がゆったりとしたワンピースの上から左乳房に被せられ、たわわな肉房を揉みあげられたのだ。シャワー後はブラジャーをしていないため、たっぷりと熟した膨らみが、ほぼダイレクトに捏ねられていく感覚に子宮が震え、腰が妖しく揺らめいてしまう。

（あぁん、胸を触られただけで、私の身体、こんなにすぐに反応しちゃうなんて。これじゃあ本当に、私のほうがこの週一回の逢瀬を待ち望んでいたみたいじゃない）

穿き替えたばかりのパンティに早くも淫蜜が漏れ出していく感覚に、美枝子の全身が熱く火照ってくる。

（あっ、でも、慎司さんのももう……）

下腹部に押しつけられた男子高校生の強張りに、オンナとして求められている実感をより強く感じた。すると、子宮の疼きが増し、膣襞が刺激を求めて蠢きだす。

「あぁ、美枝子さん、今日もブラジャー外してくれているんですね。すっごく柔らかくて大きなオッパイがこんなに感じられるなんて……。今日もまた、吸わせてもらって、いいですか？」

口づけを解いた慎司が、豊乳を揉みつつウットリと尋ねてきた。

「もちろんです。私の胸でよければ、飽きるまで吸っていただいていいんですよ」

しっかり者の少年が見せる甘えた表情に、美枝子の心は鷲掴みにされていた。

「美枝子さんのオッパイに飽きるなんてことないと思うので、何時間でも甘えたままになっちゃいますよ」

暗に聖羅のことを言っているのであろう。少し困った表情になった慎司が抱擁を解いてくる。美枝子としても娘に見つかるのだけは絶対に避けたい思いがあるだけに、やはり困惑の表情を覗かせつつ、ワンピースの背中のジッパーを引きさげ、そのままストンッとフローリングの床に脱ぎ落としていった。

「す、すごい……。美枝子さんの裸、何度見ても本当に素敵で、僕、たまらなくなっちゃいます」

慎司の陶然とした声と、裸体に注がれる熱い眼差しに、熟女の肌がさらに熱を帯びてくる。ワンピースを脱いだいま、美枝子の肌を覆っているのは、股間を守るパンティだけである。その薄布も、以前の色気の欠片もないオバサン下着ではなく、レースのあしらわれた扇情的《せんじょう》なワインレッドのものであり、慎司に抱かれる日のために購入した数枚のセクシーランジェリーの一点であった。

「慎司さんも脱いでください。それとも、お脱がせしましょうか?」

「脱がされるのって恥ずかしいので、自分で脱ぎます」

熟女家政婦の裸体に視線を注いだまま、慎司は着ていたTシャツと膝丈パンツを脱ぎ落とした。あらわれた紺のボクサーブリーフの前面が大きく盛りあがっている。

「慎司さんも、もうそんなに大きくしてくださっているなんて」

(あぁん、あの中のモノがもうすぐ私の膣中に……)

逞しい肉槍で熟襞をこすりあげられる場面を想像すると、それだけで豊臀が悩ましく左右に振られ、新たな淫蜜がジュッとパンティクロッチを湿らせてくる。

「だって、美枝子さんの身体に触れるんですから、当然ですよ」

憧憬《しょうけい》の眼差しを向けてくる少年が、すっと美枝子の正面で膝立ちとなった。右手を生の左乳房に重ねやんわりと揉みあげつつ、右乳房の頂上に鎮座する焦げ茶色の乳首をパクンッと咥えこんでくる。

「あんッ、慎司、さん……」

チュパッ、チュパッと乳頭にしゃぶりつく慎司の髪を優しく撫でつけながらも、美枝子はゆったりと染みこんでくる愉悦に身体をくねらせた。

(はうン、乳首、吸われただけなのに、あそこの奥がジンジンと痺れてきてる。慎司さん、本当にオッパイが好きなんだわ。だから、いつも最初は胸を……。私、かつてないくらい、胸が敏感になってる)

慎司はいつも最初の数分間、赤子が母乳を求めるような必死さで乳首に吸いついてくるのだ。もし聖羅が泊まりで出かけるようなことがあれば、きっと一晩中、乳首がふやけるほどにしゃぶられるのではないか、そんなふうに感じるほど、熟女の豊乳に固執《こしつ》している印象すらある。

「あぁ、美枝子さんのオッパイ、本当に甘くて、美味しい。チュパッ……」

陶然とした呟きを漏らし、右乳首を解放した少年は、すぐさま左のポッチにしゃぶりついてきた。今度は左手で右の膨らみが愛おしげに捏ねまわされていく。

「はぁン、いいんですよ。私の胸でよければ、本当に好きなだけ……。私のオッパイを自由にできる男性はいま、この世で慎司さんただ一人なんですから」

オンナの悦びを知る熟女の肉体に、じんわり積みあがっていく快感に身をくねらせながら、美枝子はどこか媚びたような声で返していた。

（あぁん、本当に私のほうが慎司さんとの関係に溺れてしまいそう。うぅン、こんなに一生懸命オッパイを吸われるの、それこそ聖羅が赤ん坊の頃以来かも。いまは赤ちゃんがご飯を欲しがるのではなく、高校生の男の子が性的欲望の対象として……）

四十路を迎えた肉体が男子高校生の興奮を促し、性欲の対象として求められていることに、なんともいえない嬉しさがこみあげてくる。同時に、逞しいペニスで膣奥を突かれたい欲求も確実に迫りあがってきていた。

「うぅん、慎司さん、そろそろ、私が慎司さんのを……。そうじゃないと、時間がなくなってしまいます」

十分近く、交互に乳首をしゃぶられ、肉房を弄ばれつづけた美枝子は、肉洞の疼きに耐えかねたかのように、かすれた声で次のステップへの移行を促した。

「ンぱぁ、はぁ、もうそんな時間に……。もっと美枝子さんのオッパイに甘えていたいけど、でも、僕もそろそろ……」

蕩けた顔の少年が、渋々といった様子で乳房を解放し立ちあがると、両手を股間にあてがってみせた。慎司のペニスが、先ほど以上に大きくなり、滲み出した先走りが下着にシミを作っているのが察せられる。

(慎司さんもたまらなくなってくれているのね。こんな中年女の身体に、高校生の男の子があんなに発情してくれているなんて……)

「あの子が戻るギリギリまで、オッパイを吸っていていただいてもかまいませんけど、その場合、それ以上のことは……」

子宮に鈍痛が襲い、背筋がぶるぶるっと震えてしまう。それでも平静を装うように、美枝子は慎司に流し目を送った。

「わかっています。やっぱり最後は美枝子さんのあそこで……。だから、また来週までのお預けですね」

「恐れ入ります。では、早速……」

慎司が切なそうに股間を押さえたまま頷くのを見て、今度は美枝子がしゃがみこんだ。両手をボクサーブリーフの縁に引っかけ、強張りに引っかからないよう、前面を浮かせ気味にして一気に足首までズリさげていく。そのとたん、勢いよく飛び出したペニスが眼前にそそり立ち、ツンッと鼻の奥を刺激する牡臭を漂わせてきた。

「あぁ、美枝子さん……」

「すごいです。慎司さんの、いつ見ても本当に立派で、私のほうがメロメロにされてしまいそうです」

「美枝子さんみたいに、素敵な大人の女の人にそんなこと言われたら、僕……」

ぶるっと腰を震わせた慎司が、恥じらいの顔を浮かべた。その年頃の少年らしい初心さが、熟女の心と性感をさらに揺さぶってくる。

「本当ですよ。私の身体はもう、慎司さんなしではダメになってしまいそうです」

(あぁん、私、娘の同級生に、雇い主の息子さんに、なんてことを言ってるのかしら。でも、ダメ。本当に私のほうがたまらなくなってる……)

思わず口をついてしまった本音に戸惑いを覚えつつも、美枝子は右手を裏筋を見せつけるペニスにのばすと、中央付近をやんわりと握りこんだ。その瞬間、逞しい肉槍の硬さと熱さに、またしても背筋が震えてしまう。

「ンはっ、あぁ、美枝子、さん……」

「本当に慎司さんの、逞しくて素敵です。いっぱい気持ちよくなってくださいね」

囁くように言うと、美枝子は張りつめた亀頭をパクンッと咥えこんだ。とたんに鼻腔の奥には若い牡の性臭が広がり、舌先には先走りの苦みが襲った。

「ンほっ、んぁぁ、み、美枝子、さンッ！」

慎司の愉悦のうめきを聞きながら、美枝子は強張りを根元まで迎え入れ、ゆっくりと首を振りはじめた。ヂュッ、ヂュポッ、クチュッ……。唇粘膜と肉竿がこすれ合い、淫らな音を奏でる。

（本当に慎司さんの硬いわ。熱い鉄の棒を口に入れられてるみたい。それに、舌に感じるこの独特の味が、あそこをさらに疼かせてくる。ダメ、腰が勝手に揺れちゃう）

小刻みに跳ねあがるペニスが上顎《こう》を叩き、次々に溢れ出す先走りが美枝子のオンナを刺激しつづけていた。蜜壺の昂りがさらに高じ、股布に違和感を覚えるほどに淫蜜が溢れかえっていく。

「くッ、はぁ、いい、美枝子さんのお口、ほんとに……。あぁ、そんな先っぽを刺激されたら、僕、すぐに……」

張りつめた亀頭に舌を絡めねぶってやると、とたんに慎司の腰がビクンッと大きく震えた。粘度を増した先走りが舌に吐き出され、その風味に熟女家政婦の頭もクラッとしてしまった。

（いいんですよ、出してください。このまま私の口に慎司さんの濃いミルク、ゴックンさせてください！）

高まる秘唇の疼きをこらえ、左右にヒップを揺らしながら、美枝子は上目遣いに少年を見つめた。首の律動がその速度を徐々にあげていく。

「ほんと、すごいよ。綺麗な美枝子さんが大きなオッパイをエッチに揺らしながら、僕のを咥えてるなんて……。あぁ、ダメです。ほんとに出ちゃいますよ」

ビクン、ビクンッと小刻みに腰を痙攣させはじめた慎司の両手が、美枝子のサラサラの黒髪に這わされ、絶頂の近さを訴えるように掻きむしってくる。

「ンぐっ、むぅ、ヂュポッ、グチュッ……」

鼻から苦しげなうめきを漏らしつつ、美枝子は淫靡に潤んだ瞳で少年を見つめたまま、口腔粘膜全体を使って強張りへの奉仕に勤《いそ》しんだ。

「おぉぉ、美枝子さん……」

（すっごい、慎司さんのがさらに大きく……。ほんとにもうすぐ出そうなんだわ。あの濃厚で熱いミルクが、もうすぐ口の中に……）

強烈な牡の性臭とともに吐き出される、喉にへばりつくような特濃ミルク。饐えた中にもかすかに甘みを感じ取れる若いオトコのエキス。その味わいを思い出した瞬間、美枝子の子宮にこの日一番の鈍痛が襲いかかった。

（ヤダ、お口でしてるだけなのに、子宮がさがってきちゃってる。上の口ではなく、こっちに飲ませろってせがんでるんだわ）

「出る！　ほんとにもう……。出しますよ、美枝子さん、あっ、あぁぁぁぁっ！」

慎司の両手に頭を押さえこまれた直後、口腔内の亀頭が大膨張を遂げ、激しく弾けた。ドピュッ、ズピュッと熱い欲望のエキスが喉の粘膜を直撃してくる。

「ンむっ、うぅぅ、むぅン、うぅ……。コクンッ、うンッ、コクン……」

猛烈な射精を受け止める美枝子は、苦しげに眉根を寄せながらも、けっして強張りを離すことなく、吐き出された粘液を小分けにして嚥下していった。

（すごい、いつものことながらなんて強烈なの。あぁん、ダメ、この濃厚な味わいと、濃密な香りだけで、私も軽くイッちゃいそうだわ）

美枝子の中の牝の部分を、ダイレクトに揺さぶってくる慎司の精液に、熟女の腰は断続的な痙攣に見舞われた。

「ごめんなさい、美枝子さん、また、口の中に……。あぁ、そんな、吸い出さないで。ぐッ、あぅ、み、美枝子、さンッ」

絶頂の余韻に浸《ひた》る慎司の、脈動をつづけるペニスを口腔粘膜で優しく包みこみながら、美枝子は頬を窄《すぼ》め、ヂュッ、ヂュヂュッと残滓《ざんし》を吸い出してった。

「ンぱぁ、はぁ、あぁ、はぁ……。いっぱい、出ましたね。気持ちよかったですか？」

ゴクッと盛大に喉を鳴らし、口の中に残っていた精液を飲み干すと、艶めかしく上気した顔で慎司を見上げていった。

「は、はい、もう、いつものことながら、最高に気持ちよかったです。でも、ごめんなさい……。また、お口の中に」

「うふっ、お気になさらないでいいんですよ。私、慎司さんの熱いミルク、嫌いじゃないですから」

快感に蕩けた顔を晒しながらも、家政婦を気遣う少年に、美枝子は艶然とした微笑みで返した。

「あぁ、美枝子さん……」

「うふっ、すごいですね。出したばっかりなのに、もうこんなに……」

眼前のペニスが再び天を衝く勢いを取り戻していた。吐き出したばかりの精液と熟女の唾液で卑猥にテカリ、強烈な性臭を放つ強張りを、美枝子はそっと握りこんだ。

「あぅっ、はぁ、美枝子、さん……。くっ、今度は、僕が、美枝子さんのを……」

「ありがとうございます。でも、今日の私、お恥ずかしい話ですけど、慎司さんのをお口でしている間にもう……。ですから」

自身の淫裂がすでに受け入れ準備を整えている状況を告白するのは、そうとうな恥ずかしさをともなうもので、美枝子の淫蕩色に染まる顔は耳まで真っ赤になっていた。

「も、もしかして……。すぐに、ゴクッ」

少年が生唾を飲んだと同時に、右手に握るペニスが大きく跳ねあがった。

「はい……」

頬を染めた顔で小さく頷き、美枝子は逞しい肉槍から手を離すと立ちあがり、扇情的なワインレッドのパンティを脱ぎおろした。秘唇がクロッチから離れた瞬間、チュッと小さく蜜音が起こり、薄布をおろすと、それを追うように溢れた淫蜜が内腿を伝い落ちてくる。

「あぁ、美枝子さんの裸、やっぱりすごく色っぽい」

パンティを足首から引き抜き、再び慎司と正対すると少年の熱い眼差しが、いままで隠されていた下腹部に注がれた。そのあまりの強さに、陰毛が逆立ってしまいそうになる。

「あの、慎司さん、今日はどのような格好で？」

「あっ、そうですね、ベッドじゃないから……。ソファのところで四つん這いになってもらってもいいですか。座面に腕をつける形で。そうすれば、後ろから……」

少し思案をした様子の慎司が、そんな提案をしてきた。美枝子が頷くと、ソファ前に置かれていたローテーブルを後ろにさげ、スペースを作ってくる。

その広めに開けたスペースで美枝子は膝立ちとなると、両手を床につく代わりに前腕部分をソファの座面についた。そのままボリューム満点の双臀を後ろに突き出す形で変則的な四つん這いとなっていく。

「あぁ、すごい！　美枝子さんのあそこ、本当にグショグショになってる」

「あぁん、恥ずかしいので、あまり見ないでください」

（やっぱりそうとうに濡れちゃってるのね。それもそうよね。脱いだパンティ、重みを感じるほどだったし、内腿に垂れてきてる感覚が強いもの）

予想していたことではあるが、改めて淫裂をしとどに濡らしていることを指摘されると、それはそれで恥ずかしさが倍増してくる。

「ごめんなさい。でも、美枝子さんのここ、ぽってりしていてすっごく美味しそうです。あの、本当に今日はこのまま、挿れてしまってもいいんですか？」

美枝子の真後ろに膝立ちとなった慎司が、かすれた声で尋ねてきた。いつもはしっかりとクンニをしてくれているだけに、いきなりの挿入には気後《きおく》れがあるのかもしれない。

「はい、大丈夫ですから、どうか、そのまま……。私も慎司さんの硬いのをいますぐに……。ですから」

逞しいペニスを欲する肉洞に引きずられるように、熟女家政婦は豊臀を左右に振り、挿入をねだった。

「わかりました。じゃあ、遠慮なく」

再び喉を鳴らした慎司は右手にペニスを握り、左手を熟れ腰にあてがってきた。熱を帯びた少年の手の感触にさえ、腰がぶるりと震えてしまう。直後、淫裂に張りつめた亀頭先端がチュッと触れ合ってくる。

「あんッ、慎司さん」

「い、挿れますよ……」

かすれた声が聞こえてきたときには、グイッと腰が突き出され、美枝子の蜜壺にいきり立つ強張りが圧し入ってきていた。

「あんッ！　はぅ、あっ、あぁ～～ン……」

張りつめた亀頭が膣壁を抉るように膣奥へと侵攻してくる。すっかりその気になり、感度が増している柔襞がこすられると、それだけで痺れるような快感が背筋を駆けあがり、美枝子の眼前に悦楽の瞬きが起こった。

「くっ、おぉぉ、入った。僕のがまた、美枝子さんの膣中に……。あぁ、気持ちいい。温かいウネウネに包まれていると、それだけで、また……」

「いいんですよ。好きなときに、お出しになって」

「いえ、さっきは僕が気持ちよくさせてもらったので、今度は美枝子さんが……」

かすれた声で返してきた慎司の腰が、ゆっくりと振られはじめた。

グヂュッ、ズチュ……。たっぷりと潤った肉洞をペニスが往復する卑猥な摩擦音がたちまち起こる。

「はぅン、あぁ、慎司、さん……。はぁ、いい、とっても、素敵です」

(ほんとにすごい……。慎司さんのガチガチに血液が漲っている硬さだから、膣中に感じる存在感が大きい)

圧倒的な存在感を示す強張りで蜜壷を刺激されると、昂っていた肉体はあっという間に、快感の波に呑みこまれてしまいそうになった。

「くぅぅ、僕も、気持ちいいです。美枝子さんの膣中、今日はいつも以上にエッチに絡みついてきてる」

「すみません。今日は私、自分でもわからないくらい、感度があがってるみたいで」

（ほんとにどうしちゃったのかしら。慎司さんと身体を重ねるたびに、どんどん身体が目覚めていく感覚はあったけど、今日は特に……）

十年の空閨《くうけい》を取り戻そうとするかのように、熟女の肉体は少年の熱い精を受け入れるたびに、オンナとしての悦びに目覚めていた。それが完全覚醒でもしたのか、この日は特に身体が熱く、子宮が熱い迸りを求めている。

「謝らないでください。すっごく、気持ちいいですから。あぁ、ほんとにすごい。優しく包みこんでくれるのに、ウネウネの動きがいつも以上にエッチですよ」

快感に浸る声で囁いた慎司が、腰の動きを速めてきた。

「あんッ、慎司さん、いいですよ。あぁン、はぅ、あぁ……。もっと、もっと慎司さんを感じさせてください」

膣襞がペニスでしごきあげられ、めくるめく悦びが全身を駆け巡っていく。粘つく卑猥な性交音が大きくなり、それに比例して美枝子の口から漏れる喘ぎも艶を増していった。

「おぉぉ、すっごい……。美枝子さんの膣中、キュンキュンしながら締めつけてきてる。はぁ、ごめんなさい、一回、先に出させてください」

「もちろんです。慎司さんのタイミングでお好きなだけ……」

本心ではもっと激しく膣襞を抉られ、意識が飛んでしまうほどの快感を与えてもらいたかったが、オンナとしての本能よりも家政婦としての理性が辛うじて上回った。

「ごめんなさい、でも、すぐにまた……。今度こそ、美枝子さんを思いきり……」

かすれた声をあげた慎司の腰がさらに律動速度をあげてくる。グチュッ、ズチュッという卑猥な淫音に混じって、パンッ、パンッと少年の腰が熟女の豊臀に叩きつけられる乾音《かんおん》が混ざり合う。

「はンッ、あぅ、あっ、あぁ……」

柔らかな尻肉が激しく波立つほどの衝撃に、さがってきていた子宮が揺さぶられていた。ペニスが膣奥に達するたびに、コツン、コツンッと子宮口がノックされ、鋭い快感が脳内でスパークしていく。

(あぁ、これ、慎司さんといっしょに、私もこのまま……)

絶頂に達することができそうな予感に、美枝子の全身が悦びに打ち震える。

「気持ちよさそうね、お母さん」

迫りあがっていた絶頂感を霧散させ、現実へ引き戻す声が鼓膜を震わせた。この時間に帰宅するはずのない娘の声。いまもっとも聞きたくない、聞こえてはいけない声が耳朶《じだ》をくすぐったのだ。

2

「えっ!?　せ、聖、ら……」

心臓が止まりそうな衝撃に、美枝子はパニックに陥りそうになった。

声のほうにこわごわと視線を向けると、リビングの入口に制服姿の娘が立っていた。その顔には笑みが浮かび、どこかこの状況を楽しんでいるのかとさえ思えるほどだ。

これは夢で、幻聴と幻覚なのでは、という考えが一瞬、脳裏をよぎった。

「ぬ、沼田、さん……。どうして、今日はラクロス部の練習日じゃ……」

同様に衝撃を受けているらしい慎司の、完全にかすれてしまっている声が、夢ではなく紛れもない現実であることを示している。その証拠に、膣内をパンパンに満たしていたペニスが一気にしぼんで、いつの間にか抜け落ちてしまっていた。

「少し身体がダルい感じがしたから、大事を取って早退してきたのよ」

「そ、そう、なん、だ……。そ、それで、あの、だ、大丈夫、なの？」

「そういう格好の人に言われても、まったく心配されているようには聞こえないよ」

顔色をなくしつつも、カサカサにひび割れた声で聖羅に問いかけた慎司に、娘はやはり不敵な笑みを浮かべ見つめ返していた。

「ちっ、違うのよ、聖羅。こ、これは、その……」

決定的瞬間を目撃された以上、言い訳は意味をなさない。しかし、混乱状態の思考が、お決まりの言葉を紡がせていく。肌を隠したくとも、脱いだワンピースはいまいるソファ前と、娘が立つリビング入口の中間付近、ダイニングテーブルの近くにあり、それもままならなかった。

「なにも違わないと思うけど。それに私、お母さんと慎司くんの関係、知ってたし」

「えっ!?」

思いがけない言葉に、まじまじと娘の顔を見つめてしまった。

(知っていたって、どういうこと？　慎司さんが聖羅に言わない限り、知られるはずは……。慎司さんだって、そんなこと言わないだろうし。だったら、どうして？)

「ふ～ん……。慎司くん、本当にお母さんにはなにも説明してないんだね」

自分の言ったことを美枝子が理解できていないとわかったのか、娘はやはり全裸のまま呆然としている慎司に言葉を投げかけた。

「ど、どういう、こと、ですか、慎司さん？」

美枝子はハッとして、真後ろで膝立ちしている少年に視線を向けた。

「えっ？　あっ、あぁ、そ、それは……」

ためらいながらも、ゴールデンウィークの別荘で慎司の童貞を奪った場面を、娘が覗き見ていたという衝撃の事実を告げられ、美枝子は再びの衝撃を受けた。

「そ、そんな……」

(じゃあ、私が聖羅と慎司さんのやり取りを見ていたのと同じように、聖羅は私と慎司さんの行為を……。でも、それなら、聖羅がこんな場面を見ても冷めた感じでいられる理由にはなるのかも)

徐々に心が落ち着いてくる。だが、すぐに次の疑問が浮かびあがってきた。

(聖羅はそれを慎司さんに告げたわけよね。でも、どうして？　あれ？　そういえば聖羅、慎司さんのこと、「谷本くん」ではなく「慎司くん」って……)

しかし、その疑問はすぐに氷解《ひょうかい》した。聖羅が決定的な言葉を少年に放ったのだ。

「ところで慎司くん、お母さんと私、どっちのあそこが本当は気持ちいいの？」

「へっ……？」

まったく予想していない問いかけだったのだろう。慎司が間の抜けた声を出した。

「どっちがって……。聖羅、あなた、まさか、慎司さんと……」

（それなら、私との関係を聖羅が知っていたことを、慎司さんも知っていた説明にはなる。でも、それじゃあ、二股になるんじゃ……。いえ、私は付き合っているわけではないから、単なる浮気？　セックスフレンド？　どっちにしてもいままでの慎司さんのイメージ、印象からは離れているわね。それとも、慎司さんの本質は……）

娘の言葉は、慎司が母娘二人と肉体関係を持っていることを示唆《しさ》しているのは明らかだ。しかし、それは二カ月以上生活をともにしてきた少年に抱いていたイメージとは相容《あいい》れないものであり、美枝子はさらなる混乱に陥りそうであった。

「すみません、美枝子さん……。僕、聖羅さんとお付き合い、させてもらっています」

「お母さんも、うすうすなにか気づいてたんじゃないの？」

「えっ！　そうなんですか？」

「え、ええ……」

娘の雰囲気が少し変わったのではないかと初めて思ったのは、先月の中間テスト後に、クラスメイトたちとプールに行くと言って出かけた日であった。二人が帰宅したのは午後八時すぎ。そのとき『女の勘』とでも言うべきか、聖羅にそれまでとは違うものを感じたのである。

「それより慎司さん、どうして、言ってくれなかったんですか、聖羅とのこと。言ってくれていれば、私は……」

（そう、私が慎司さんと肉体関係を結びつづけることはなかったはず）

オンナの悦びを取り戻し、男子高校生との背徳性交を求めてしまう熟女の肢体。関係を断てば、熟れきった四十路の肉体を持て余すことになってしまう。一人の女性としては辛いが、娘の母親としては関係を継続するほうが苦しかった。

「ごめん、私が慎司くんに頼んだの。お母さんにはいろいろと苦労をかけてしまったていう自覚があるから、せめてもの罪滅ぼしじゃないけど、お母さんにはいつまでも綺麗で、オンナとして輝いていてほしくて、慎司くんなら信頼できると思って。実際にここひと月くらい、お母さんの肌艶、急速によくなってるでしょう」

「聖羅……」

娘の思わぬ言葉に、美枝子は返す言葉が見つからなかった。

方法はともかく、聖羅が母親を想ってくれていることがなにより嬉しかった。肉体に変化が生まれ、以前よりも張りに満ちているのは、自分でも感じていることであるが、まさかそれを娘が企図《きと》していたとは、驚き以外のなにものでもない。

（聖羅の気持ちは嬉しいし、乗ってくれた慎司さんにも感謝だけど、でも……）

やはり娘の恋人と、これ以上の関係をつづけていくことは許されない。

「お母さん、慎司くんとの関係、終わりにしようなんて思わないでね」

「でも、聖羅……」

「お母さんが私と慎司くんの関係を知ってどう思ったかは知らないけど、私たちそんなにいっぱいエッチしてないいんだよ。まだ、二回だけ、ねッ」

母親に自身の性交経験を話すことには羞恥を覚えるのだろう、少女らしく頬を染める娘が、同意を求めるように慎司を見た。

「聖羅さんの言うとおりなんです。友人たちと遊びに行った帰りに二回ほど……。正直、美枝子さんとのエッチのほうが回数的にはずっと多くて……」

慎司も戸惑いを覚えた表情で、娘の言葉を肯定してくる。

「そ、そんな……」

（恋人の聖羅とよりも、私とのエッチのほうが頻繁《ひんぱん》だなんて……。でも、わかる気がするわ。私もいるこの家で、大っぴらにエッチするわけにはいかなかったでしょうし。平日は二人とも部活が忙しくて、そんな時間はないわ）

美枝子自身、娘に露見するおそれのない時間を選んで、慎司と関係をつづけていたのだ。若い二人の立場からすれば、いっしょに出かけたときに時間を作って……。となるのは、ある意味当然なのかもしれない。

「慎司さんは、私とのエッチ、本当にご満足いただけていたんでしょうか？」

（私、なにを言っているの！　こんなこと冗談でも口にすべきではないのに……）

女子高生のピチピチとした肉体を知っている慎司にとって、四十路の身体は本当に十代少年の欲求を満たすことができていたのか、一人のオンナとしての思いが自然と口をついてしまっていた。

「えっ……？　当たり前じゃないですか。僕、本当に毎週金曜日が楽しみだったんです。美枝子さんの大きなオッパイに思いきり甘えさせてもらって、そのあとは……。すっごく癒やされるっていうか、安心できるっていうか、とにかく大満足でした。だからこそ、美枝子さんにもいっぱい気持ちよくなってもらいたくて……」

慎司は驚いたよう顔をしながらも、美枝子に憧憬の視線を向けてきた。その眼差しが、あらわとなっている砲弾状の熟乳に注がれた瞬間、熾火《おきび》のように燻《くすぶ》っていた淫欲に風が送られ、一瞬にして全身が熱くなってくる。

「ふ～ん……。慎司くん、お母さんのオッパイにご執心《しゅうしん》なんだ。私の胸にはそこまで執着しないくせに」

慎司の言葉に聖羅の顔が少しだけ引き攣った。

（そりゃあ、同級生の私より、お母さんのオッパイのほうがずっと大きくって、柔らかいだろうから、甘えがいはあるんだろうけど……）

聖羅の胸もけっして小さくはない。というより、Eカップの膨らみは、高校二年生としたら確実に大きな部類だ。

実際、慎司も聖羅の美巨乳は褒めてくれている。エッチのときにもたっぷりと揉まれていたが、乳房にこだわっているとまでは思えなかったのだ。それだけに、熟母の豊乳に甘えていることを知り、複雑な気持ちになってしまったのである。

直後、聖羅は同級生の少年のある変化に気づいた。

（あっ！　慎司くんのあそこ、さっきまで小さく垂れさがっていたのに、また、大きくなってる。あれって、いまお母さんのオッパイを見たから……）

慎司が美枝子の乳房に視線を送ったのはわかっていた。だが、まさか見ただけで、いきなりフル勃起を取り戻すまでになるとは思ってもみなかった。聖羅が帰宅したとき、二人は激しい性交途中だっただけに、裏筋を見せ隆々《りゅうりゅう》とそそり立つペニスは絡みつく粘液で卑猥な光沢を放ち、少し離れていてもエッチな芳香が匂ってきそうだ。

「い、いや、けっしてそんなことは……。沼田さんのオッパイもすっごく大きいし、美枝子さんよりも弾力が強いから、揉み応えも最高だし」

「別に、無理して褒めてくれなくてもいいわよ」

聖羅はわざと少しすねたように頬を膨らませた。

「いや、無理に褒めているわけじゃなくて本当に……」

「お母さんのオッパイを見て、すぐにオチ×チンをそんなに大きくしてる人に言われても、説得力ゼロなんですけど」

「キャッ、し、慎司さん……」

「うわっ！　ご、ごめんなさい」

聖羅の言葉に美枝子が驚きの声をあげ、慎司は慌てて両手で股間を隠した。

（これじゃあ、仮病《けびよう》を使って早退してきた意味、あまりないわね。慎司くんが私のことを愛してくれていることは疑ってないけど、お母さんのことも本気で……）

この日、聖羅が早い時間に帰宅したのは、恋人となった慎司が母の美枝子とどのようなエッチをしているのかに興味があったから、というのが大きい。

（お母さんのこと、あんなに一生懸命気持ちよくしようとしてくれてたなんて。私とエッチするときも、きっとあんなふうに……）

少年がバックから熟母を貫いていた場面が思い出された瞬間、下腹部にモヤモヤとしたものが甦ってきた。

（あんッ、覗いたときにウズウズしていたのがまた……。私も、お母さんと同じように、もっと慎司くんに愛されたいし、愛したい）

母性的な美枝子が見せたオンナの顔。美しいと思うと同時に、同性としては嫉妬の対象にもなっていた。それが、覗くだけでは飽き足らず、声をかけるという暴挙へと繋がっていたのだ。

熟母と慎司のセックスは聖羅が仕組んだことではあるが、そのときといまでは、同級生の同居人から恋人へと立場を変えていることもあり、素直に受け入れにくくなっている、という面も否定できない。

（できれば慎司くんには、これからもお母さんとエッチしてもらって、お母さんが綺麗で居つづけることに貢献してほしいけど、お母さん以上に私のことを……）

「ねえ、慎司くん。私のオッパイも、お母さんのと同じように、愛してよね」

聖羅はそう言うと、白い夏用のセーラー服の上を脱ぎ捨てた。ピンクのブラジャーに包まれた、お椀形の豊かな膨らみがあらわになる。

「ぬ、沼田さん、なにを……」

「聖羅、あなた、いったい、なにをしようと」

慎司と母の声が重なり合っていた。その間にグレーのスカートもストンッと床に落とす。これで聖羅は、ピンクの下着とくるぶし丈の白い靴下だけだ。

「お母さんほど大きくないし、柔らかくもないだろうけど、このオッパイを自由にできるの、慎司くんだけなんだからね」

両手を背中にまわしてブラジャーのホックを外すと、双乳を守っていた下着を落とした。ぷるんっと弾むように揺れながら、女子高生の美巨乳があらわとなる。

「ぬ、沼田、さん……。ゴクッ。沼田さんのオッパイを見られてすっごく嬉しいんだけど、でも、今日は体調が……」

聖羅の膨らみからいっさい視線をそらせることなく凝視しつづける慎司が、それでも体調を気遣う言葉を投げかけてきた。その熱い眼差しに、腰が妖しくくねり、オトコを覚えた膣襞が切なそうに蠢いていく。

(そうだった、私、今日は体調不良で部活を早退したことにしてるんだった)

「慎司くんの、その太いお注射で治してくれればいいの。それと、家にいるときは、聖羅でいいよ。お母さんにも、関係バラしちゃったんだし」

「聖羅、あなた、まさか、ここで、慎司さんと……」

明らかに戸惑いのさなかにいる美枝子が、不安げに目を泳がせている。

(恥ずかしいけど、二人の邪魔をしちゃったのは私だし。ここは積極的に、大胆に行くしかないよね)

「お母さんの邪魔してごめん。でも、今日は、私も仲間に入れて」

「そ、それって、まさか、三人で……。美枝子さんと、せ、聖羅の二人を……」

「嬉しいでしょう。両手に花だよ。さあ、慎司くん、私とお母さんのオッパイ、揉み比べ、してみて」

ソファ前の床に全裸でしゃがみこんでいる熟母の隣に腰を落とすと、聖羅は慎司の右手を摑み、己の左乳房へといざなった。グニュッと弾力豊かな膨らみに熱い少年の手が触れただけで、子宮がキュンッとなってしまう。

「す、すごい……。まさか、家のリビングで、聖羅のオッパイ、触れるなんて」

「あぁん、慎司くんに胸、触られると、私、ドキドキが大きくなっちゃうよ。ほら、左手はお母さんのを」

弾力ある乳肉を捏ねあげられ、秘唇の疼きが高まる中、慎司に熟母の乳房を触るよう促していった。

「あっ、ああ……。ゴクッ、美枝子さん、失礼します」

生唾を飲んだ少年の左手が、熟女家政婦の左乳房へとのびていく。ムニュッという音が聞こえそうな柔らかさを誇る美枝子の乳肉に、男子高校生の指が沈みこんでいく。

「はンッ、慎司、さん……」

その瞬間、母の眉間に悩ましい悶え皺が寄り、口からは甘い嬌声がこぼれ落ちた。

（あぁん、私、いま、本当にすっごくエッチなことしてる。母娘揃《そろ》って慎司くんにオッパイ、揉まれちゃってるなんて）

熟母と並んで少年に乳房を弄られていることに、女子高生の性感がゾクッと跳ねあがり、ピンクのパンティに甘蜜を滴らせてしまった。

「どう、慎司くん、私とお母さんのオッパイ、気持ちいい？」

陶然とした表情で母娘の乳肉を捏ねあげている慎司を、聖羅は上気した顔で見つめていった。


「うん、まさかこんなことをさせてもらえる日が来るなんて、ほんと夢みたいだよ」

右手に感じる女子高生の張りの強い乳肉と、左手に感じる四十路熟女のスライム乳。趣《おもむき》の異なる二種類の肉房を同時に堪能できている現実に、慎司の顔は自然とにやけてしまう。先ほど美枝子の膣内で射精寸前まで追いこまれていたペニスが、ピクピクッと小刻みに跳ねあがり、再びの射精感を訴えかけてくる。

「あぁん、恥ずかしい。まさか、娘と並んでいっしょに胸を弄られるなんて……」

「すみません、聖羅さんのこと黙っていて。でも、僕もまさかこんなことになるとは……。あぁ、美枝子さんの乳首、硬くなってますよ」

艶めいた顔をしながらも、娘が真横にいることに困惑している美枝子に軽く頭をさげつつ、慎司は左手の親指と人差し指で球状に硬化している焦げ茶色のポッチを摑むと、コリコリッと指の腹でこすりあげていった。

「あんッ、ダメです、慎司さん、そこを悪戯されたら私……。中途半端な状態で放置されていたから、身体がいま、すごく敏感に……」

「お母さん、いますごくエッチな顔してる。慎司くんにオッパイ触られるの、気持ちいいのね」

「あぁ、聖羅、見ないでちょうだい。慎司さんもお願いです。そんな乳首ばっかり、はンッ、おかしくなってしまいます」

娘に淫らな表情を見られた熟女の顔がさらに赤くなった。しかし、恥じらいばかりではなく興奮もあるのか、悩ましく腰をくねらせ、豊臀をクネクネさせている。

「おかしくなってください。僕、美枝子さんに思いきり気持ちよくなってもらいたいんです」

「あぅン、ありがたいんですけど、それでしたら、私ではなく、娘に、あんッ……」

「もちろん、聖羅さんにも気持ちよくなってもらいますけど、まずは美枝子さんを先に……。いいよね、聖羅」

慎司は美枝子のコリッとした乳首を左手の指で弄びつつ、右手で揉む聖羅の胸の頂上に鎮座する濃いピンクの乳首を指の腹で転がした。女子高生の小粒な突起は、熟女のそれほどには硬くはなっていない様子だ。

「あんッ、いいよ、二人の邪魔、しちゃったのは私だから……。あぁん、でも、そのあとは私も、慎司くんのこれで、気持ちよくしてね」

ピクッと身体を震わせた美少女は悩ましく瞳を細めると、裏筋を見せそそり勃つペニスを、やんわりと握りこんできた。

「くはッ、あぅ、あぁぁ、聖、ラ……」

「あぁん、慎司くんのこれ、すっごく硬くて熱いよ。それに、ヌチョヌチョしてて、とってもエッチだよ。これって慎司くんの先走りと、お母さんのあそこの蜜が混じってるんだよね」

「あぁ、聖羅、お願い、そんなこと指摘しないでちょうだい。お母さん、恥ずかしくて死んじゃいそうだわ」

娘の言葉に、美枝子が羞恥の表情で視線をそらせた。その相貌《そうぼう》が、とてつもなくエロチックな艶めきを帯びており、慎司の腰がぶるっと震えてしまう。

「あんッ、すごい、慎司くんのこれ、さらに大きくなったよ」

「あぁ、ダメだよ、聖羅。そんなにこすられたら、僕。うぅ、さっき、出る寸前まででいってたから、すぐに……」

聖羅のほっそりしたなめらかな指先で強張りをこすられると、あっという間に絶頂感がぶり返してきた。奥歯をグッと嚙み、肛門を窄めるようにして、必死に射精衝動をやりすごしていく。

「み、美枝子さん、お願いです、さっきと同じ体勢に……。あぁ、早く、美枝子さんの膣中で気持ちよくなりたいです」

「わ、わかり、ました。は、恥ずかしいですけど、私も慎司さんのモノが……」

左手で揉んでいた美枝子の乳房から手を離し、愉悦に顔を歪めながらお願いすると、熟女家政婦は娘がそばにいることにためらいの表情を浮かべつつも頷き、再びソファの座面に前腕をつく体勢で四つん這いになってくれた。

「はっ！　す、すごい……。これが、お母さんのあそこ……。こんなにグショグショになって、ポッカリと口を開けてるなんて」

熟母の秘唇を目の当《ま》たりにした聖羅が、驚きに両目を見開きつつ、自身が産まれ出てきた場所を凝視していた。初めての光景に意識を奪われたのか、同級生の手が強張りを解放してきている。

（ほんとにすごい。美枝子さんのあそこ、あんなにエッチに口を開けて……。膣中の襞々まで見えちゃってるよ）

薄褐色の肉厚な淫裂は、挿入を待ち侘びるように卑猥に開き、鮮紅色の膣襞がうねっている様子まで丸見えとなっていた。

「いや！　聖羅、見ないでちょうだい。慎司さん、お願いします。早く、慎司さんので栓を……」

「えっ、あっ、は、はい！」

聖羅同様、熟女の秘唇に見とれていた慎司は、美枝子の少し焦ったような声でハッと我に返った。ゴクッと生唾を飲みこむと、右手でペニスを握り、左手で家政婦の艶腰を摑んだ。

「い、挿れるのね、慎司くん。慎司くんの硬いの、お母さんのあそこに……」

「うん、聖羅の前に、美枝子さんのあそこで気持ちよくしてもらうよ」

かすれた声をあげる聖羅に頷き返し、慎司は張りつめた亀頭を、卑猥に口を開ける淫壺にあてがった。ンチュッと粘つく音を立て、亀頭とぬめった女肉が触れ合う。その瞬間、慎司と美枝子の身体が同時に震えた。

「美枝子さん、いきますよ」

「ええ、いつでもどうぞ……」

熱を帯びた熟女の声に導かれるように、慎司はグイッと腰を突き出した。ニュヂュッとくぐもった音を立て、いきり立つ強張りが再び美枝子の肉洞内へと入りこむ。

「ンはっ、あっ、あぁぁぁ……」

瞬時に絡みついてくる膣襞の蠢きに、慎司は喜悦のうめきを漏らした。

「はンッ、キテル……。慎司さんの熱いモノが、また、膣中に、あぁ、うぅン……」

「くぅぅ、すごいです。美枝子さんの膣中、キュンキュンしながら、僕のに絡みついてきてますよ。はぁ、これじゃ、本当に、保《も》たない……」

「あぁん、来てください。私もすぐに……。ですから、遠慮なさらずに思いきり」

愉悦に歪む艶めかしい顔を後ろに向けてきた美枝子が、律動を促すように豊臀を左右に揺らしてきた。そのかすかな動きにさえ、柔襞は微妙な蠕動で反応し、射精にいざなうようにペニスを弄んでくる。

「す、すごい……。ほ、本当に慎司くんのがお母さんのあそこに……。まさか、彼氏と母親のエッチ、こんな特等席に見ることになるなんて」

「ダメよ、聖羅、見ないで！　お母さんのこんな姿、あぅっ、あぁ、し、慎司、さン、そんな、いきなり……」

「だって、聖羅さんの声で美枝子さんのここ、さらにエッチに……。こんなの、我慢できないですよ」

聖羅のかすれ声に、熟母の淫壺は敏感に反応していた。ギュッと膣圧を強めつつ柔襞が強張りを絡め取り、蠕動を激しくしたのだ。そのため、駆け抜ける快感に耐えかねた慎司は、母娘の会話に割って入るように、腰を振りはじめたのである。

グジュッ、ズヂュッ……。艶めかしい摩擦音を立てペニスが肉洞を往復するたびに、痺れるような喜悦が脳天に突き抜けていく。

「気持ちいいの、慎司くん？　お母さんのそこ、そんなに……」

「あぁ、気持ちいいよ。優しく包みこんでくれているのに襞々はすっごくエッチで、聖羅のキツキツのオマ×コもいいけど、美枝子さんのも……」

母親からこちらに視線を向けてきた美少女に、慎司は快感に歪めた顔を向けた。

「ば、バカ、お母さんの前で、そんなエッチな言葉、使わないでよ」

「聖羅、キス、しよう。聖羅とチュウしながら、美枝子さんの膣中に出したい」

腰を振り、強張りで熟女の肉洞を抉りこみつつ、慎司は女子高生の唇を求めた。

「あんッ、すっごい、慎司さんのが膣中でさらに……」

「だって、美枝子さんの膣中、本当に気持ちいいから……。でも、美枝子さんもいっしょですよ、いっしょに気持ちよくなってください」

慎司はそう言うと、左手を艶腰から腹部のほうへすべらせ、そのまま下へ。濃いめの陰毛を掻き分け、秘唇の合わせ目へと這わせた。

「キャンッ! ダメです、慎司さん、そこは……。あぁん、そこ、私、ビン、カン!」

「うほッ! 締まる! 美枝子さんのさらに……」

秘唇の合わせ目で包皮から顔を出し、存在感を誇示していたクリトリス。指の腹で優しく転がしたとたんに、美枝子の淫壺が一気に締まった。

顎がクンッと上を向くと同時に背中が弓反りになり、熟しきった豊乳がグニョリとソファの座面に圧し潰れていく。

「もう、私のこと、無視しないでよ。慎司くん、キス、して」

母と同級生が二人の世界に入り、絶頂に至ろうとしていることに疎外感《そがい》を持ったのか、聖羅が可愛く頰を膨らませ、可憐な唇を近づけてきた。

「あぁ、聖羅……。チュッ」

女子高生の柔らかな唇の感触に、ゾクリと背筋が震えた。舌を出すと、すぐさま聖羅も自身の舌を絡め、ニュチュッ、チュッと唾液交換をしていく。

（すごい、頭、ポーッとしちゃう。本当にいま、美枝子さんとセックスしながら、聖羅とキスを……。こんなことが現実になるなんて）

熟女の淫壺にペニスを突き立て、左手でクリトリスを弄びつつ、美少女と唇を重ねる。リアリティの欠片もない、幻覚のような現実に頭がクラクラとしてきていた。

女子高生の唾液の甘さに酔い痴《し》れつつ、本能の赴《おもむ》くままに腰を振って柔襞でペニスをしごきあげ、熟女家政婦の淫核を嬲っていく。さらに美枝子の腰に残していた右手を、今度は聖羅の乳房へと移動させた。グニュッとゴム鞠の弾力が手のひらいっぱいに感じられる。

「ンぱぁ、はぁン、慎、じ、くん……」

「すごいよ、聖羅のオッパイ、大きくって、揉み応え最高だよ」

「慎司くんのだよ。私の身体はどこも全部、慎司くんの……」

「うん、誰にも渡さないからね」

悩ましく上気した顔で見つめてくる聖羅と、再び唇を重ね合わせた。

「はぁン、すっごい、慎司さんのが、さっきからピクピクと……。もうすぐなんですね。もうすぐ熱いのが膣奥に……」

「はい、ほんとにもう……。くぅ、限界、です！」

聖羅との口づけを解いた慎司は、奥歯をグッと嚙み、絞り出すような声で訴えた。バスン、バスンッとさらに力強く腰を突きこみ、美枝子の柔らかな熟れ尻に腰をぶつけていく。

「あぁん、いいですよ、出して。私も、あぅッ！　はぁ、ダメ、激しく突かれながら、クリを集中的に……。はぁン、イッちゃいます。私、娘の前で本当に、あッ、あぁ～～～～ンッ！」

美枝子の声が途中で裏返った。その直前、慎司は指の腹で転がしていたクリトリスを、親指と人差し指の爪先で摘まみ、紙縒《こよ》りを作るように、クニクニッと捩りだしたのだ。

「ぐはぅ、し、締まるぅぅ……。あぁ、出る！　僕も、あぁ、出ッるぅぅぅッ！」

熟女の淫壺が一気に収縮した直後、慎司にも意識が全部持っていかれるほどに強烈な射精が訪れていた。ビクン、ビクンッと腰が激しく痙攣し、熱い迸りを美枝子の子宮に叩きつけていく。

「えっ？　出してるの？　慎司くん、お母さんのあそこに、本当に……」

「うん、出てる。あぁ、美枝子さんの膣奥に、聖羅がいた場所に、僕……」

「あぁん、慎司さん、そんな言い方は、しないでください。す、すっごい、まだ、出るんですね。あぁ、これ、いつもよりも量が多い！　お腹の中、慎司さんのでいっぱいにされちゃってます」

「すみません。さっき、途中で中断になっちゃったから、その分も……」

目の前で恋人が母親の子宮に精を放つ場面を目撃した聖羅の、驚きにかすれた声に答えつつ、慎司はさらに腰を震わせ、美枝子の膣奥に欲望のエキスを放っていった。

3

(す、すごい……。まさか他人のエッチを、母親と彼氏のエッチを見て、こんなに興奮しちゃうなんて……。あぁん、ヤダ、私のあそこも、ウズウズが止まらなくなってる。これじゃあ私、本当にエッチな女の子じゃない)

秘唇の昂りがこらえがたいレベルに高まっていた聖羅は、切なそうに腰をくねらせつつ、床に大の字になって横たわる慎司と、上半身をソファに突っ伏している母を見つめた。二人とも酸素を貪《むさぼ》るように、荒い呼吸を繰り返している。

同級生のペニスは半勃ち状態になっており、精液と美枝子の淫蜜にべっちょりと濡れ、濃密な性臭を撒き散らしていた。そして聖羅の蜜壺はその匂いにあてられ、ざわついてしまっていた。さらに母を見れば、ポッカリと口を開け、赤く充血している淫裂から、慎司が吐き出した白濁液を逆流させている。

（慎司くん、お母さんのあそこにあんなにいっぱい……。膣中に出されたあとは、私のあそこからも、あんなふうに……）

膣内射精後の秘唇の光景に、女子高生の背筋がぶるぶるっと震えた。同時に、欲望のエキスの熱さと感触を思い出した肉洞が、早く刺激がほしいと蠕動を繰り返し、ピンクのパンティの股布が重たく感じられるほどに、甘蜜を漏らしてしまっていた。

「慎司くん、ごめん。私、我慢できないよ」

かすれた声をあげた聖羅は、なめらかな指先で薄布の縁を摘まみ、美臀を左右に振るようにしてパンティを脱ぎおろした。ニュチュッ、クロッチとスリットが離れた瞬間、淫らな蜜音が鼓膜を震わせてくる。カッと頰がさらに熱くなるのを感じつつ、足首から下着を抜き去ると、残っていた靴下も脱いで全裸となった。

「せ、聖羅……」

「いいよ、そのままで、横になっていて。今日は私が上から……」

絶頂の余韻を引きずる顔の少年が上体を起こそうとするのを制し、聖羅は慎司の腰を跨いだ。恋人の腰の横に膝をつき、ゆっくりと双臀を落としていく。

(そういえば私、こんなふうに自分から挿れるの、初めてだわ)

心臓が緊張で高鳴ってくる中、右手をおろし、慎司のペニスをそっと握った。とたんにビクッと淫茎が跳ね、一気に血液が充填《じゅうてん》されてくる。

「あんッ、す、すごい。慎司くんのまた大きく……」

「だって、聖羅が自分からなんて、初めてじゃない。それに、こうやって見上げていると、聖羅の綺麗なあそこが丸見えになっていて、最高に興奮しちゃうんだ。もう、しっかり濡れちゃってるんだね」

「そんなこと言わないでよ。恥ずかしいじゃない」

濡れた秘唇を見られていることに、全身が燃えるように熱くなった。それでもヌチヨつく強張りを垂直に起こしあげ、腰を落としていく。

「まさか、娘のエッチを見ることになるなんて……」

「えっ？　いや、お母さん、恥ずかしいからこっち見ないでよ！」

ソファに突っ伏していた熟母が、いつしか身体を起こし、凄艶な色気をまとった顔でこちらを見つめていた。

(ヤダ、本当に恥ずかしいよ。お母さんに見られながら、男の子の硬くなったモノをあそこに迎え入れるなんて……。これ、さっきと完全に立場が逆になってる)

美枝子の淫裂に、ペニスが咥えこまれた場面を目にした際の自身の言動が思い返され、母がどれほどの羞恥にさいなまれたのか、いまさらながらに実感していた。それでも女子高生は肉洞の疼きに促されるようにヒップを落としていく。直後、張りつめた亀頭と口を閉ざしたスリットが触れ合い、チュッと小さく蜜音を立てた。

「ンはっ、あぁ、聖羅……」

「あんッ、慎司くんの熱いのがあそこに……。待ってね、私がちゃんと……」

濡れた女肉と亀頭先端が触れた刹那《せつな》、聖羅の背筋にさざなみが駆けあがり、緊張が一気に増していった。声が若干裏返るのを感じつつ、小さく腰を前後に揺らし、膣口を探っていく。やがて、ンヂュッと音を立て、亀頭が蜜壺の入口に嵌まりこんだ。

「せ、聖羅……」

「い、イクよ……。慎司くん」

ふっとひとつ息をつき、聖羅はズイッと美臀を落としこんだ。次の瞬間、膨張した亀頭が肉洞を圧し広げるように突き刺さってきた。まだ男性慣れしていない膣道が、メリメリと左右に引き裂かれるような感覚が突き抜けていく。

「ンヵっ、あっ、あぁ……」

「おぉぉ、キッツい。はぁ、美枝子さんとエッチした直後だと、なおさら……。本当に僕のが、押し潰されちゃいそうに、締めつけが強いよ」

切なそうに眉間に皺を寄せた慎司が、絞り出すような声で訴えてきた。

「あぁん、慎司さん、四十すぎの私と十代の娘を比べるなんて、酷いです」

「す、すみません、別に比べるつもりは……。ただ、聖羅さんの、本当にキツくて、あぁぁ……」

「慎司くん、お母さんと話しちゃダメだよ。いま慎司くんの硬いのを受け入れているのは私なんだから、私だけに集中して！」

少しすねたような態度を見せた熟母を取りなしていく慎司に、聖羅は胸にモヤッとした感情が芽生えた。

慣れない騎乗位。熱く硬い棒で突き刺された感覚に襲われる中、それでも自分に意識を向けてもらおうと、女子高生はぎこちなく腰を動かしはじめた。グヂュッ、ズジュッと潰れた摩擦音をともなって、狭い膣道内を強張りが上下していく。

「ンくっ、あぁ、せ、聖、ら。くぅぅ、すっごい、まさか聖羅から腰を……。あぁ、気持ちいいよ。聖羅のキツキツの膣中のエッチな襞々でしごかれると、僕、また、すぐに……」

「慎司くんだけなんだから……。私のここで気持ちよくなれるのは、うンッ、だからいまは、私だけを見て」

ズリッ、ゴリッとペニスで膣襞をこすりあげられるたびに、子宮に痺れるような鈍痛が襲い、背筋を愉悦が駆けあがっていく。その慣れない感覚と快感に戸惑いながら、聖羅は懸命に腰を動かしつづけた。

「聖羅、あなた、そこまで慎司さんのことを……」

「うん、好き……。お母さんにはこれからも慎司くんとの関係、つづけてもらいたいけど、でも、一番は私を愛してほしいの。お母さんに負けたくないの」

母の問いかけに、聖羅は恥ずかしさを覚えつつも、正直な気持ちを吐露していた。

(私、男の子のモノ、あそこに受け入れながら、お母さんになに言ってるのよ。これのせいよ。慎司くんのこの硬いのが、私を……)

同級生のペニスが与えてくれる刺激と悦びが、素直な気持ちを紡がせていた。

「うふっ、聖羅がお母さんに負ける要素なんてゼロなのよ。応援しているから頑張りなさい。でも、お母さんも慎司さんを本気で奪いにいくから、覚悟しなさいね」

「お母さん……」

母親の優しさと、冗談とも本気ともつかないオンナとしてのしたたかさを覗かせる美枝子に、聖羅も自然と頬を緩めていた。

「あぁ、聖羅……」

母娘の会話に反応した慎司の強張りが、膣内で大きく跳ねあがりその体積を増したのがわかる。ただでさえ狭い膣道が、さらに強引に圧し広げられ、息が止まりそうな衝撃が襲ってきた。

「あんッ、すっごい、慎司くんの、膣中でさらに大きく……。はぅン、ダメだよ、そんな大きくされたら、私の、裂けちゃうよぅ」

陶然とした眼差しで見つめてくる少年に、胸がキュンッと締めつけられながら、蜜壺を満たす硬直に文句を言ってしまう。

「だって、聖羅と美枝子さんが嬉しいこと言ってくれるから。だから、僕……」

言葉を途中で切った少年が、いきなり上半身を起こしてきた。突然のことに驚き、

「キャッ!」

聖羅は慎司の首に両手を回す形で抱きついた。弾力豊かな膨らみが同級生の胸板でひ

しゃげ、硬化した乳首が圧し潰れていく。その感触に腰が震え、ペニスを咥えこむ肉洞が、ギュッと締めつけを強めてしまう。

「おぉぉ、すっごい、さらに、締まるなんて……。あぁ、聖羅、愛してるよ」

快感に顔を歪めた慎司に正面から見つめられ、聖羅の心臓がドクンッと高鳴った。求められるがままに、唇を差し出していく。チュッ、チュッとついばむような口づけを交わす中、少年の右手が女子高生の左乳房にあてがわれた。

「あんッ、慎司、くん……」

膣内のペニスがピク、ピクッと小刻みに跳ねあがっているのを、入り組んだ細かな若襞が敏感に感じ取っていた。

「聖羅のオッパイ、本当に弾力が強くて気持ちいいよ。僕だけのモノだからね」

「それは慎司くん次第だよ。もし、お母さん以外の女の人と……。そうしたら、私の身体もほかの人のモノになっちゃうから、覚悟してね。慎司くん以外の男の人が、私のここ、楽しむんだから」

愉悦に上気した艶めかしい顔で悪戯っぽく微笑むと、小さく腰を揺すった。ンヂュッ、クヂュッとくぐもった摩擦音が起こり、そのかすかなペニスの振幅にすら、脳天に快感が突き抜けていった。

「渡さないよ。聖羅を誰にも渡すつもり、ないから。ずっと、僕だけの……」

一瞬、真顔になった慎司はそう言うと、グイッと体重をこちらにかけてきた。「えっ？」と思ったときには、身体が後ろに倒れかかっていた。

「し、慎司、くん？」

少年の首に回した両手に自然と力がこもり、ギュッと抱きつくような体勢のまま、聖羅はフローリングの床に組み敷かれていった。

「渡さない。聖羅のここで気持ちよくなれるのは、ずっと僕だけだからね」

囁くようにそう言うと、慎司が腰を激しく振り立ててきた。ンヂュッ、ヂュヂュッと卑猥な摩擦音がその間隔を一気に縮め、入り組んだ膣襞がいきり立つ肉竿で抉りこまれていく。

「はンッ、あう、あぁ、激しい……。慎司くん、ちょっと、強いよ。もっと優しく、うぅン、ほんとに私のあそこ、壊れちゃう！」

それまでとは桁違いに強い快感に全身を貫かれ、聖羅は眉間に悶え皺を刻みつつ、首を振った。

「聖羅、あぁ、聖羅……」

無我夢中で腰を振る慎司が、右手を再び左乳房へと被せてきた。ペニスを突きこまれるたびに、ぷるんぷるんっと弾むように揺れ動く美巨乳が、少年の手によって揉みしだかれていく。

（私、慎司くんのこと、変に刺激しちゃったかも。慎司くん以外の人とエッチしたいなんて、これっぽっちも思ってないのに。それなのに……）

少年の嫉妬心を不要に煽ってしまったことが、いまの激しい律動に繋がったことは明らかだ。慎司の聖羅に対する執着が、逞しい肉槍による膣内マーキングの強化へと結びついているのである。

「あぁん、慎司くん、ダメ。私、あぅん、おかしくなっちゃうよぅ」

腰が宙に浮きあがり、肉体から分離して飛んでいってしまいそうな感覚に、聖羅は身をくねらせた。眼窩に悦楽の瞬きが頻発《ひんぱつ》し、一瞬、視界が白く霞んでいく。

「大丈夫よ、聖羅。気持ちよさをそのまま素直に受け入れてあげなさい。そうすれば怖くないから。でも、慎司さん、本当に少し弱めてあげてください」

見かねたように口を挟んできた美枝子が、聖羅に語りかけてきた。さらに熟母は取り憑《つ》かれたように腰を振り立てる少年に囁くと、その顔を両手で挟み、自分のほうへと向かせた。

「えっ!? 美枝子、さん？」

その瞬間、慎司がビクッと肩を震わせ、驚いた顔で熟母を見つめ返していった。激しい突きこみは治まったものの、ペニスはいまだ小刻みな痙攣をつづけ、絡みつこうとする若襞を圧しやってきている。

「聖羅はまだエッチに慣れていないと思うので、もう少し優しく。激しいエッチは、私とお楽しみください」

艶然と微笑んだ美枝子はそう言うと、男子高校生の唇に優しいキスをした。とたんに慎司の顔が蕩けたようになる。

「美枝子、さん……」

「さあ、オッパイも吸ってくださっていいんですよ。私のお乳を吸いながら、優しく腰を振ってあげてください」

熟母は膝立ちになると、慎司の顔をたっぷりと熟した双乳へと抱きかかえた。ウットリとした顔の少年が左手で美枝子の右乳房を揉みつつ、左乳首をパクンと口に含む。その瞬間、肉洞内の強張りが大きく跳ねあがり、亀頭がググッと膨らんだのがわかる。熟女家政婦の言いつけを守るように、慎司が優しく腰を前後させはじめた。

「あんッ、嘘、お母さんのオッパイで、また膣中で大きく……。あぁん、すごすぎるよ。本当に私のが、ぅンッ、裂けちゃいそう……」

ただでさえ膣内を満たすペニスの存在感に圧倒されている中、より自己主張を強められては、セックス慣れしていない女子高生には抗うすべなどない。張りつめた亀頭が往復するたびに、ズリ、ズリッと膣襞がこそげ取られるような感覚が全身を貫き、腰が小刻みな痙攣に見舞われてしまう。

「ぐっ、おぉぉ、締めつけてくる。聖羅のがさらに強烈に……。はぁ、また出ちゃいそうだよ。美枝子さんのオッパイ、吸いながら、聖羅の膣奥に……」

「いいよ、出して……。慎司くんのを私に。あぁん、お母さんに負けないくらい、いっぱい私の膣中にちょうだい！」

「あぁ、聖羅……」

小さく呟いた慎司が、左乳房を弄んでいた右手と、熟母の右乳房を揉んでいた左手を、細く深く括れた腰に移動させてきた。熱い手のひらでガッチリと腰を摑むとズン、ズン、ズンッとリズミカルに腰を打ちつけてくる。先ほどまでの乱暴さはないが、気合いの感じられる律動で、昂っていた性感が一気に引きあげられていく。

「はンッ、慎司くん、あぁ、うぅん、いいの……。優しくズンズンされるの、好き。あぁ、シンジくん、慎、じ、くン……」

「あぁ、まさか、娘のこんないやらしい顔を、間近に見ることになるなんて……」

「あぁん、見ないで、お母さん、お願い。エッチな私、はンッ、見ちゃダメェ」

母親にオンナの顔を晒すことへの羞恥が、再びこみあげてきた。だが、その恥じらいは背徳感へと繋がり、ペニスを咥えこむ肉洞がキュンキュンッとわななきながら、逞しい淫茎への奉仕を強めていった。

「おぉぉ、聖羅、ごめん！　僕、本当にもう、ダメだぁぁぁぁ」

「ヤッ、ダメ、慎司くん、あぁン、うんっ、はぅン、あぁ……」

両目を見開いた慎司の腰が、再び激しく振られてきた。猛烈な勢いで膣襞がしごきあげられ、息が止まりそうな快感が、一瞬の猶予《ゆうよ》もなく脳天を揺さぶりつづける。

(あぁ、ダメ、頭、おかしくなる。身体、飛んでいっちゃいそうだよ！)

ラブホテルの浴室で意識を失ったときのことが思い出される。次の瞬間、ひときわ強くペニスが叩きこまれた。子宮口がグイッと押しこまれる感覚が襲ってくる。

「あぁ、聖羅！　出るッ！　もう、あぁ、せっ、セイラ〜〜〜〜〜〜ッ！」

「いヤッ！　イクッ！　私も、はぅ、イッ、イッちゃぅぅぅ……ッ！」

二人の口から、同時に絶頂の咆哮《ほうこう》が放たれていた。

気づいたときには、熱い欲望のエキスが子宮に浴びせかけられ、聖羅はワケもわからず、ただ全身を痙攣させていたのである。

（本当に慎司さん、聖羅の膣中に……。あの熱いミルクが娘の膣奥に……。本当にこんな場面に立ち会うことになるなんて）

身体を痙攣させ、意識が明後日《あさって》へと飛んでしまっている様子の高校生の娘に、美枝子は複雑な表情を浮かべた。だが同時に、先ほど絶頂へ圧しあげられた肉洞が、再度の快感を欲し蠢きはじめてもいた。

「聖羅、大丈夫？」

「うん……」

ゆっくりとペニスを引き抜いた慎司の問いかけへの返事も、完全に上の空だ。

（あぁん、すっごい。慎司さんの、まだあんなに……）

引き抜かれた淫茎は、三度の射精を経てなお、半勃ち状態を保っていた。その卑猥な光沢と性臭を放つ男性器に、美枝子の喉が音を立ててしまった。

「し、慎司さん、あの、お願いが……。もう一度、私にも……」

家政婦としては、あるまじきおねだり。いままでは慎司から求められ、複数回ということはあっても、自分から求めたことはなかっただけに、どうしても恥じらいが先に立ってしまう。

「み、美枝子さん……。いいんですか？」

「はい。今日のお夕飯はいつもより遅くなってしまうかもしれませんが、それでもよろしければ。また私にも、慎司さんを……」

「あぁ、美枝子さん。すっごく嬉しいです」

上気した顔に満面の笑みを浮かべた少年が、熟女の豊乳に顔を埋めてきた。右手で左の膨らみを捏ねあげつつ、右乳首に吸いついてくる。その瞬間、美枝子の腰がざわめき、肉洞の奥から新たな淫蜜が溢れ出し、膣内に残る白濁液を押し出してくる。

「あぁん、さあ、横になってください。私が上から全部……」

慎司の髪を優しく撫でつけながら囁くと、ウットリとした顔で頷き返された。

美枝子への配慮なのか、少年は聖羅とは逆の方向に横たわった。そのため熟女は娘に背中を見せる形で、慎司に跨がることとなった。

「今日の美枝子さん、いつもよりずっと、エッチな感じですね」

「あぁん、言わないでください。慎司さんと聖羅のエッチを見て、私の身体、いつもよりも、おかしくなってしまっているみたいなんです」

ヌチョヌチョのペニスを右手に握り、挿入しやすいよう起こすと、ピクッと震えながらその体積が復活してきた。男子高校生の旺盛な性欲に自然と頬が緩んでしまう。

美枝子はそのまま腰を落とし、膣口に亀頭をあてがう。直後、間髪入れずに豊臀を落としこんだ。ニュジュッと卑猥な粘音を立てながら、硬直が一気に圧し入ってくる。

「ンはっ、あぁ、美枝子、さん……」

「あぁん、素敵です。さあ、いっぱい気持ちよくなってください」

膣内を満たす若く逞しい肉槍に背筋を震わせ、美枝子は両手を慎司の顔の横につくと上半身を倒していった。砲弾状の豊乳が悩ましく揺れながら、少年の顔の前へと差し出されていく。

「あぁ、美枝子さん……」

陶然とした呟きとともに、慎司が左乳房を揉みつつ、右乳首に吸いついてきた。

「あんッ！　いいんですよ、好きになさってください。娘ともども、今後ともよろしくお願いいたします……」

痺れる愉悦に身を委《ゆだ》ねながら、美枝子はゆっくりと腰を振りはじめるのであった。

エピローグ

「ねえ、本当にここで、エッチするの？」

「だって、こんなチャンス、滅多にないじゃない」

不安そうに声をかけてきた聖羅に、慎司も心臓をドキドキさせながら答えた。

月曜日の放課後、時刻は午後四時半をすぎており、教室には二人しか残っていなかった。日直であった二人は、ともに部活が休みということもあって、翌日、保護者に渡してもらう『秋の文化祭に関するご協力のお願い』と題するプリント作りを担任に手伝わされていたのだ。

「それは、そうだけど……」

「それに、昨日の大会、団体は一回戦負けだったけど個人では四回戦まで行って、いちおう部内では部長と並ぶトップの成績だったんだから」

「ご褒美をよこせってこと？　まあ、『頑張ったら』って話はしたけど……」

乗り気ではなさそうな聖羅に、慎司は部活の成績を持ち出して再考を求めた。

前日、剣道部は大会、公式戦ではなく実践練習を主とした非公式戦に参加しており、一年生でありながら慎司は団体と個人の両方にエントリーされていた。

団体は各校二チーム出場可能で、慎司は一、二年生中心のBチームの先鋒を務めていた。慎司と副将を務めた二年生は勝ったが、それ以外の三人が負けたため、一回戦で姿を消したのである。団体戦と平行して行われていた個人戦は、一回戦からの出場でありながらも四回戦まで駒を進め、部内では部長に並ぶ好成績となっていた。

大会当日、聖羅が応援に来ることはなかったが、その前日の夜、「もし、いい成績を残したら、慎司くんのお願い、ひとつだけなんでも聞いてあげる」と言ってくれていたのだ。非公式戦の四回戦止まりが「いい成績」かどうかは議論の余地がありそうだが、部内ではトップであっただけに、「悪くない」ことは確かだろう。

「聖羅だって、興味がないわけじゃないんでしょう」

「それは、まあ……。制服姿のまま学校でっていうのは、いましかできないことだとは思うけど。でも、明日からもここで授業、受けるんだよ」

慎司が椅子から立ちあがると、美少女も文句を言いつつ腰をあげてきた。教室後方窓際付近。いつも聖羅が友人の珠樹や美雪と昼食をともにしている場所である。チラッと窓の外に視線を向けてから、慎司は聖羅と口づけを交わした。ふっくらと柔らかで、甘みを感じる唇粘膜の感触に陶然となる。その感動のまま右手を左乳房へと被せ、セーラー服の上から量感と弾力を楽しむように揉みあげていった。

「うんっ……。慎司、くん」

「学校で聖羅のオッパイ、触れるなんて、夢みたいだよ」

美少女の膨らみの感触に、ペニスは一気に臨戦態勢を取り、ベージュの学生ズボンの前がこんもりと盛りあがってきてしまう。

「バカ、本当に誰かに覗かれたら、二人とも退学になっちゃうんだからね」

「わかってるよ」

頰を赤らめる同級生に頷き、慎司はその場にしゃがみこんだ。生地を腰の部分に巻きあげ膝上十センチのミニ丈としたスカートから覗く、スラリとした美脚にウットリしつつ両手を適度な肉づきの太腿へと這わせていった。スベスベとした手触りと、ムチッとした弾力に感嘆の吐息が漏れてしまう。

「あんッ、慎司、くん……」

「聖羅の太腿、スベスベムチムチで気持ちいいよ。パンティ、脱がせるね」

「う、うん」

不安そうに左右に視線を走らせている美少女は、それでも小さく首肯してくれた。

ゴクッと唾を飲みこみ、慎司は両手をさらに上へとすべりあげ、薄布の縁に指を引っかけると、張りのある双臀のほうから剝《む》くようにして、下着を脱ぎおろした。女子高生らしい、純白のパンティに再び喉が鳴ってしまう。

「すっごい恥ずかしいし、心臓ドキドキしちゃってるよ。あぁ、するなら、早くしてね。いま、すっごく心許ないんだから」

「あまり時間かけられないのはわかってるよ。ごめん、少し、脚を開いて。それと、できればスカートの裾、めくっていてくれないかな」

「もう、注文が多いなあ……。二度と学校ではしないからね」

左足首をあげ、薄布を右足首に絡めた聖羅が、さらなる要求を突きつける慎司に頬を膨らませた。それでも女子高生は、両脚を肩幅より広めに開き、両手でスカートの裾を摘まむと、おずおずとめくりあげてくれた。

「あぁ、聖羅……。まさか教室で、あそこの毛、見ることができるなんて……」

綺麗なデルタ形をした繊細そうな細毛を、勉強するための教室で見ている背徳感は想像以上だった。完全勃起のペニスが学生ズボンの下で狂おしげに跳ねあがり、鈴口からは先走りがこぼれて落ちてしまう。

「そういうことは言わないで。ねえ、ほんとに舐めるの？　シャワーもなにも……」

「聖羅の身体はどこも綺麗なんだから、問題ないよ」

戸惑いと愁《うれ》いを含んだ声音《こわね》に背筋を震わせ、慎司は顔を同級生の股間へと近づけていった。汗の匂いとかすかなアンモニア臭に混じって、ふんわりとした甘みも鼻腔粘膜に感じられる。

（いまだに信じられないよ。こんな綺麗なところに僕のモノを……）

透明感溢れる秘唇は、相変わらずひっそり口を閉ざしていた。卑猥な蠢きをもたらす膣襞が内側に秘められているとは、にわかには信じられない静謐《せいひつ》さだ。

慎司は舌を突き出し、清楚なスリットを優しく舐めあげた。塩味とかすかな刺激が舌先を襲ってくる。

「あんッ、慎司、くん……」

美少女の甘いうめきを聞きつつ、慎司は舌を小刻みに動かし、女子高生の女肉をチュッ、チュパッと音を立て嬲っていく。最初はしょっぱさが勝っていたが、徐々にいつもの甘い蜜液の味わいが舌先に広がっていった。

「はンッ、慎司、くぅン、うぅン……」

ピクッと腰を震わせた聖羅の、必死に押し殺したうめきが耳朶をくすぐってくる。美少女の陰毛に鼻先を密着させつつ上目遣いに見ると、悩ましく眉根を寄せた聖羅が、下唇を嚙んで声が漏れるのを必死に耐えていた。

(ヤバイ、いまの聖羅、最高に色っぽい。こんなの僕が耐えられないよ)

普段の閉鎖された空間で見せる艶っぽさとは別の、快感を表に出すことを必死に抑えこもうとしている姿態《したい》に、慎司のペニスが小刻みな胴震いを起こしていた。

迫りあがる射精感をやりすごしつつ、チュパッ、チュパッと女子高生の秘唇に舌を這わせていく。甘みの増したトロッとした蜜液が次から次へと流れ出し、聖羅自身もいつも以上に興奮していることがわかる。

「ンぱぁ、あぁ、聖羅、ごめん。いまの聖羅、色っぽすぎて、僕のほうがもう……」

「うん、いいよ、来て。慎司くんの硬いの、私の膣中で気持ちよくしていいよ」

こみあげる欲求に耐えかねスリットから顔を離すと、艶やかに上気した顔の聖羅がコクンッと頷き返してきた。

慎司はそそくさと立ちあがり、学生ズボンとその下のボクサーブリーフを足首までずりさげた。うなりをあげて飛び出したペニスは、早くもパンパンに亀頭を漲らせ、漏れ出した先走りで光沢を帯びた状態だ。

「あんッ、すっごい、もうそんなに……。もしかして、いつも以上に興奮してる？」

「うん、してる。学校で聖羅となんて、家で美枝子さんに見られながらしたのと同じくらい、興奮するよ」

ワイシャツの裾から突き出すようにそそり立ち、誇らしげに裏筋を見せつける強張りに熱い視線を感じつつ、慎司は十日ほど前の出来事に言及した。

「ヤダ、変なこと、思い出させないでよ。ねえ、先週の金曜日も、私が部活を頑張っている時間に、お母さんとしたんだよね？」

少しすねたような声で尋ねてくる。しかし、母に見られながらのセックスを思い出しているのだろう、聖羅の頰にいっそうの赤みが差していた。

「うん。さあ、聖羅、窓のところに手をついて、お尻を後ろに突き出して」

関係が露呈《ろてい》しても、いままでの日常を急激に変化させるべきではない、ということで、美枝子とのエッチはそれまでどおり、毎週金曜日ということになった。それは聖羅との関係も同様で、家でのエッチは原則禁止。普通のカップルとしてデートをし、それで……。ということになっていたのである。

「外から見られないかな？」

「大丈夫だとは思うけど……。後ろの壁でもいいよ」

教室は校舎の隅にあり四階の高さがある。そうとう注意していなければ気づかれることはないと思うが、「絶対」ではないだけに女子高生の心配は理解できた。

「ううん、いい。でも、学校でするの、本当に最初で最後だからね」

聖羅はしっかりと釘を刺してから教室の窓に両手をつき、双臀を突き出してきた。

「うん、ありがとう」

真後ろに陣取った慎司は、左手でスカートをめくりあげた。ぷりんっとした張りのある双臀の狭間、表面を蜜液にコーティングされた秘唇が、あらわとなっている。ゴクッと喉を鳴らし、右手に握ったペニスを美しい女肉に近づけていく。

チュッ、張りつめた亀頭と濡れたスリットが接触した瞬間、小さく蜜音が立ち、二人の身体が同時に震えた。

「あぁん、慎司くん……」

「イクよ、聖羅……」

囁くように言った直後、慎司はグイッと腰を突き出した。狭い膣道を左右に圧し広げるように、強張りが蜜壷に埋まりこんでいく。

「うはッ、あっ、あぁ、すっごい……。聖羅のここ、相変わらずキツキツで、くっ、僕のを締めつけてきてるぅ」

瞬時にまとわりつく膣襞に、慎司は目を細めた。スカートを腰にめくりあげ、美臀を完全露出させると、両手を女子高生の細腰にあてがい根元まで硬直を沈めこんだ。

「あんッ、はぁ、慎司くんの、信じられないくらい熱くて硬い。あぁん、広げられてる……。慎司くんので思いきり、うンッ、苦しいくらいに広がっちゃってるよ。私の膣中、慎司くんの形に変形させられちゃう」

窓ガラスに映る聖羅の顔が悩ましく歪んでいた。眉間には悶え皺が刻まれ、瞳は淫靡に細められている。さらに、ふっくら可憐な唇からは甘いうめきが漏れていた。

「そうだよ、聖羅のここは僕専用なんだから、僕の形に……」

「それは慎司くん次第だよ。前も言ったけど、もしお母さん以外の人と……」

「絶対に浮気はしない。だから、聖羅のここはずっと僕だけの……」

顔を後ろに向け見つめてきた美少女に頷き返し、慎司はゆっくりと腰を振りはじめた。ヂュッ、グチュッとくぐもった摩擦音が神聖な教室内に響いていく。

「約束、だからね」

「絶対だ。この気持ちいいオマ×コをほかの奴になんか、絶対使わせないから」

「あぁん、だから、そんなエッチな言葉、うンッ、ダメだって……。あぁ、すっごい、慎司くんの硬いので膣中、こすられると、私も、あうン、ヤダ、声、出ちゃうよ」

グチュッ、ズチュッとペニスが肉洞内を往復するたびに、狭い膣道がキュンキュンッと蠢き、得も言われぬ快感が背筋を駆けあがっていく。どうやら、聖羅も同じ感覚を味わってくれているらしい。

「いいよ、出して。聖羅のエッチな声、また聞かせて」

「ダメ、ここじゃ、はぅン、また、今度……。珠樹と渡辺くんのデートに付き合ったときに……。ねえ、青木くんに私とのこと、伝えてくれた？」

「あぁ、伝えたよ。でも、なんかあいつ、いまは別の、くッ、締まる……。毎朝、電車内で見かける、他校の生徒が気になっているらしいよ」

「あぁん、なにそれ。すっごい移り気」

「まったくだね。でもお陰で、気兼ねなく聖羅と『お突き合い』できる」

慎司は迫りあがる射精感に耐えつつ、律動を速めた。卑猥な性交音とともに、腰が美少女のヒップにぶつかると、パンッ、パンッという乾いた音が大きくなる。

「あんッ、そんな激しく、しないで……。あぁ、でもよかった。美雪も彼氏との関係、修復したみたいだし。うぅンッ、慎司くんを奪われる心配なくなったもん」

愉悦に歪んだ顔を後ろに向けてきた聖羅の言葉に、慎司の胸が愛おしさでキュンッと締めつけられた。

「最初から、沢田さんには興味ないって、言ってるだろう」

慎司は腰を振りつつ、顔をクラスメイトに近づけた。察してくれた美少女がすっと目を閉じ、唇をこちらに差し出してくる。

「これからも、ずっといっしょにいようね」

囁くように言いつつ、キスをした。

(あぁ、甘い! 聖羅の唇、本当に美味しいよ)

ふっくらとした唇の柔らかさと、ほのかな甘みに頭がクラッときてしまう。

ついばむような口づけを交わしつつ、慎司は両手を細腰からセーラー服越しの双乳へと移動させ、弾力と量感を堪能するように揉みあげた。

「あんッ、慎司、くん……」

「愛してるよ、聖羅」

(そうさ、これからもずっと。未来をともに……)

悩ましく柳眉を歪めた聖羅に甘く囁いた慎司は、将来をはっきりと意識しつつ、強張りを狭い蜜壺でこすりあげながら、美少女の唇を再び奪っていくのであった。

◉新人作品**大募集**◉

マドンナメイト編集部では、意欲あふれる新人作品を常時募集しております。採用された作品は、本人通知のうえ当文庫より出版されることになります。

【応募要項】未発表作品に限る。四〇〇字詰原稿用紙換算で三〇〇枚以上四〇〇枚以内。必ず梗概をお書き添えのうえ、名前・住所・電話番号を明記してお送り下さい。なお、採否にかかわらず原稿は返却いたしません。また、電話でのお問い合せはご遠慮下さい。

【送 付 先】〒一〇一‐八四〇五 東京都千代田区神田三崎町二‐一八‐一一 マドンナ社編集部 新人作品募集係

ハーレム《はーれむ》・ハウス《はうす》 熟女《じゅくじょ》家政婦《かせいふ》と美少女《びしょうじょ》と僕《ぼく》

著者◉綾野 馨【あやの・かおる】

発行◉マドンナ社
発売◉二見書房 東京都千代田区神田三崎町二‐一八‐一一
電話 〇三‐三五一五‐二三一一(代表)
郵便振替 〇〇一七〇‐四‐二六三九

印刷◉株式会社堀内印刷所 製本◉株式会社村上製本所 落丁・乱丁本はお取替えいたします。定価は、カバーに表示してあります。
ISBN978-4-576-20121-4 ◉Printed in Japan ◉©K.Ayano 2020
マドンナメイトが楽しめる! マドンナ社 **電子出版**(インターネット)……https://madonna.futami.co.jp/

Madonna Mate